若返った俺が、二度目の
高校生活でやりたいこと
何故か妹になったクラスの女ボス付き
広ノ祥人
Illust
さなだケイスイ

風間南樹
（かざま・みなき）

亜門静代
（あもん・しずよ）
篠原綾香
（しのはら・あやか）
suiron

「――あ。見て南樹！」
ふと綾香がなにかを発見したとばかりに指を差した。

「あれ、怪しくない？」

「がーねっとはですねえ、
退屈で退屈で仕方がなかったんですよ」
がーねっと

「最初はそんな退屈を
紛らわせたくてのほんの火遊び感覚。
いつもの自分じゃなくてもいい場所、
学校とか世間体とは、
無縁で弾けられる世界が欲しいなぁなんて」
当時の自分を思い出してでもいるのか、
がーねっとがどこか懐かしそうに頬を綻ばせた。
「と、そんな風に遊び感覚で
始めたこの仕事ですが——
やがてがーねっとにとって、
心からのめり込めるものへと
変化していくんですよねぇ」

目次

CONTENTS

若返った俺が、二度目の高校生活でやりたいこと
何故か妹になったクラスの女ボス付き

広ノ祥人

MF文庫J

口絵・本文イラスト●さなだケイスイ

○クラスを牛耳る女王様系少女の独白

うちのクラスで誰が一番学校生活をエンジョイしてるかって聞かれたら、きっと殆《ほとん》どのやつがあたし――篠原綾香《しのはらあやか》の名前をあげるんだろう。

女子はもちろんのこと男子すらろくに頭が上がらず、教室でのあたしの意見や主張はほぼ間違いなく通っちゃうような、俗に言うクラスの女王様的立ち位置。自分で言うのもなんだけど、それがあたしって存在。

クラスの中心に立って人間関係回してるって言ったら、多少聞こえはよくなるのかもだけど、自分でもこれ結構我儘《わがまま》入ってるなって思うような発言でも、忖度《そんたく》されてすんなり通っちゃったりするからさぁ。だからクラスの女王様。どーもいつの間にやら、あたしに楯突《たてつ》いたら、このクラスでは生きていけないって風潮が蔓延《まんえん》してるっぽいし。

もしあたしが「○○さんのこと気にくわない」などと公言しようものなら、その人はたちまちクラスで鼻つまみ者みたいな扱いをされて、孤立しちゃうことだろう。下手に庇《かば》って自分達まで目をつけられたらたまったものじゃないと。中には過度に攻撃してあたしに取り入ろうって考えるやつも出てきそう。こういう時、圧によって周囲を扇動して、如何《いか》に自分の手を汚さずに邪魔者を排除できるかが、この地位の立ち回りとして一番重要なんだろうし。

ま、そんな身勝手で酷《ひど》いことは絶対にしないし、寧《むし》ろ、もしそんな空気を目の当たりにしたら、それこそ女王様権限を行使して急いで止めさせるけど。あたし、集団による弱い者いじめとか反吐《へど》が出るほど大嫌いだから。

まぁそんなこんなでクラスで一番好き放題振る舞えるあたしが、一番学校生活をエンジョイしてると思われるのはごく自然な流れではあると思う。


ほ〜んと、ふざけんなって話。その二つの目の玉は飾りかなんかなのかっつう。


あたしという、気が強く、思ったことをつい口にせずにはいられない性格の人間には、余計な衝突をせずに学校生活を送れるポジションが、そこしかなさそうだったから選んだだけだ。女同士特有の同調圧力や上辺だけの会話を聞いてるとイライラするっつーか、あたし本人に限ったことじゃなく、周囲の空気や友達に合わせて、妥協して本心を押し殺してる子を見るのもなんかモヤるし。

じれったい思いをしたくなければ、あたしが強くなって前に出るしかない。それがあたしの出した結論。ま、裏を返すとあたしの性格的にこのポジションしか、のびのびと生きられる居場所がなかっただけでもあるんだけど。

だからあたしは、強くて頼もしいクラスの女ボスという仮面を被《かぶ》ってずっと生きてきた。

はい、じゃあここで質問。頼られるリーダー自身に悩みや相談したいことができたら、一体誰に頼ればいいのでしょうか？

答えは明白。「頼れる相手なんて誰もいない」でした！

だってそうじゃん。あたしが誰かを相談相手に選ぶってことは、その誰かは傍目《はため》からみれば人一倍信頼された特別な存在に映るわけでしょ。

特別は不平等を生んで、それはやがてグループ内の亀裂へと変化しかねない。

あたしが長いことこのキャラを演じてきたことで得た教訓と見解。

大抵は絆《きずな》だの友情だの飄々《ひょうひょう》と口にする裏で、我が身可愛《かわい》さに平気で嘘《うそ》をついて、時には平気で他人を売ることをいとわない。ほんと、お仲間ごっこって気が滅入《めい》るし、疲れる。

常に自分の利益不利益が最優先の、自己中心的で身勝手なやつばっか。

これまでどれだけ、あたしがクラスの平穏を保つために見えない仲裁やコントロールをしてきたことか。

それにさ、あたしが思うにナンバーツーみたいなポジが一番ずる賢くて楽なんだよね。判断とか責任を一番上に押しつけて好き勝手できるし。自分を否定せずにすむから。ま、あたしの性分的に理解はできても、到底トライしようとは思わない生き方だけど。

誰かを盾に安全圏から無責任に言動や願望を押し通そうとしてきて、散々いい思いをした後でも、ちょっとでも使えないと感じたらあっさりと切り捨て別の盾に乗り換えようとする。善意はやつらにつけいる隙を与え、面の皮の厚いやつがとことん勝者になる。

それが人の本質であり、人間関係の様相。

と、いつからかそんな風に、あたしは他人に対して、どこか壁を作るようになっていた。

一人で生まれて、墓に入る時も一人であるように、人生ってやつは結局なんだかんだいつも孤独であり、最終的に頼れるのは自分自身だけなんだって話。

それでも人ってのは基本的に孤独に耐えられない生き物で、かりそめの安堵《あんど》を得るために集団の中に交じって暮らす。ぼっちは人生の負け組って風潮があるから尚《なお》のこと。

なけなしのプライドや自己肯定感を守ろうと、自分の本心をひた隠しにしながら、この息苦しい世界を生きていく。

人と関わる以上、そこに真の意味での安寧は存在しない。

隙を見せたら食われるだけ。弱肉強食こそが絶対的で不変のルール。

なーんて、当時のあたしはこれが世の中を上手《うま》く渡り歩いていく上での不文律だなんて思ってたんだけど、実際は違ったんだよね。

誰かと一緒にいることで、気が落ち着いたり休まったりすることなんてないと思っていた。

そう、あいつと出会うまでのあたしは——

○とある男子高校生のごくありふれた日常

人生ってのは、何が起きるかわからねぇ。

これは俺、風間《かざま》南樹《みなき》が、最近になって思うようになった教訓だ。

運命的な出会いや人生を変える出来事ってのは、まるで神様が俺達を試しているかのように、なんの前触れもなく唐突にやってくる。

肝心なのはそれが喜劇だろうが悲劇であろうが、その瞬間で自分に後悔のない選択肢を取ることだ。信念を曲げた時、人は腐り始め、つまらない人間になっていく。以前の俺が、そうだったように……。物事を努めて前向きに受け止めるようになってわかったことは、世界ってのは意外とキラキラに溢《あふ》れてる。結局はそこに気づけるか次第なんだって。

そんな俺には今、後悔ない人生のために、乗り越えなきゃいけない強大な壁があった。

それは現状ぼっちな高校生活から、どうやって理想の青春模様に持っていくかで——

時は昼休み。昼食を食べ終えたクラスのみんなが、友達同士で集まってわいのわいのと思い思いの時間を過ごす中。俺は自分の席でぽつんと、スマホでフリマサイトを開き、コレクションしている遊神王《ゆうじんおう》カードの掘り出し物がないか、ぽけーっと眺めていた。

これが俺の現状での昼休みの過ごし方。誰とも接することなく、自分だけの自由気ままな一時を過ごす。……ようするにぼっち街道まっしぐらってわけだ。

転入を機に挑んだ高校デビューに失敗し、グループの輪からあぶれて早二ヶ月ちょい。

だけど俺は、完全に友達作りを諦めたわけではなかった。こうしてぼっち生活を堪え忍びつつ、挽回《ばんかい》のきっかけを虎視眈々《こしたんたん》と模索している。

なんせ、人生ってもんは何が起こるかわからねぇ。たった二ヶ月でクラスのみんなの何がわかるってんだ。深く話せば、存外ウマが合うヤツだっているかもしれないだろ？

おまけに俺が失敗した理由には、この学校では恐らく俺にしかないだろう、ふか〜い境遇と事情が大きく関係しているのだから尚更《なおさら》、諦めがつかなくて。

『晩ご飯、なんかリクエストあったりする？』

スマホに唐突に表示されたメッセにふと目がいく。送信者は最近、ひょんなことから一緒に暮らすことになった妹からだった。

『特にないから、好きに決めていいぞ』

送信。彼女が俺の家にやって来て以降、基本的に食事は妹任せになっているからな。その上リクエストだとか、嬉《うれ》しいけど流石《さすが》におこがましすぎるってもんだ。

彼女と俺の間に血の繋《つな》がりはない。おまけに歳《とし》がちょっとばかり離れているのもあって、未《いま》だ距離感が掴《つか》めていないのが悩みだった。

『あのさぁ。そういうのが一番、困るんですけどー』

メッセと同時に、ムカつきマークのついたデフォルメのギャルが、もの申すとばかりに指を差しているスタンプ。

『悪い。ってもついさっき昼飯食ったばかりでもう晩飯の話されても、なにも浮かばないってのが本音というか……』

『ふぅーん。じゃあさ、学校終わったら買い出し付き合ってよ。スーパー行って食材見てりゃ、嫌でも食べたいものが浮かんでくるでしょ』

俺の返答を待たずに、けって～いの文字を頭にギャルがほくほく顔で笑ってるスタンプ。

やれやれと苦笑いして俺も了解のスタンプを送る。と、すぐさま目が♥のギャルのスタンプが返ってきた。あいつの性格的に「わかればよろしい」的な意味合いなのだろうが、彼女が美少女なだけに少し反応に困る。クラスの男子を勘違いさせたりしてねぇか心配だ。

「——きゃははは っ、ほんそれー。わかるー、あいつはよくてDだよねD」

と、余韻に浸っていた俺の下に、少し耳障りな笑い声が到来して現実に引き戻された。

声の主は、俺の右斜め前の席を中心に集まっていたこのクラスの女子達である。

「んでさー、深見《ふかみ》君や星野《ほしの》君はAランクでいいとして、真面目にこのクラスだとあの二人除けばもう微妙なのばっかじゃない？　木場《きば》ですらBに位置付けするかのレベルだし」

「ぷははっ、みずってば手厳しー。でも、わかるかも。ねぇねぇ、ひなっちはどう思う?」

「わたしですか? え、えっと……。そもそも勝手にクラスの男子に優劣をつけるのは悪い気がしてならないというか。ほら、まだあまり知らない人もいるわけですし」

さっき下品な笑い声を上げたポニテ少女の言葉に、ボブヘアーの少女と黒髪ロングの少女が各々の意見を述べる。

高槻瑞希《たかつきみずき》。若菜千雪《わかなちゆき》。桜宮姫南乃《さくらみやひなの》。

三人ともこのクラスの中ではトップレベルのルックスを誇る、まごうことなき一軍連中。

特に桜宮は、清楚《せいそ》で誰にでも優しい、クラスのマドンナ的存在で男子からの人気が抜群に高く、密《ひそ》かに狙っている男子は多いとのこと。

「またまた姫南乃ってば、いい子ちゃんぶってー。ねぇねぇ、綾香《あやか》はさぁどう思う?」

「ん、あたし?」

高槻が、席の中心にいたもう一人の少女に揚々と尋ねると、彼女——篠原《しのはら》綾香は手に持っていたスマホから視線を外して顔を上げた。

ふわふわに巻かれた金色の髪。大学生と見間違うくらいの垢抜《あかぬ》けた容姿にモデル並の高身長で、切れ長のまつげにややきつめな双眸《そうぼう》が印象的な、周囲の女子とは頭一つ抜けて格のある雰囲気を纏《まと》う少女。彼女はこのクラスのリーダー格的存在であり、あの席が一軍共のたまり場になっているのも、篠原の席がそこだったからに他ならない。

「話半分に聞いてたけど、男子の格付けだっけ。Aは付き合ってもいいで、Bがワンチャン。Cはこれからに期待で、Dはそもそも恋愛対象として見られないであってる？」

な、なんつう恐ろしい話題で盛り上がってんだこいつら……。

「そうそう。さすがの綾香《あやか》でも、深見《ふかみ》君はAなんでしょ。ね、ね？」

「ないない。つーかそんな話なら、とりまこのクラスの連中は全員Dより下は確定だわ」

篠原《しのはら》はドライな態度でバスッと言い切った。

「お、おお……あやちーってば辛辣ー」

「いちお補足しとくけど、これはあくまでもあたし自身がってだけで、あんたらがクラスの誰が好きで誰と付き合おうが別に悪趣味だとか一切思わないし。寧《むし》ろ応援するから、そこんとこは誤解なきようよろしく」

「そ、そうですか……」

困惑する三人を目に篠原がすかさず付け足すと、桜宮《さくらみや》が人知れずほっと胸を撫《な》で下《お》ろした。あの様子、もしやクラスに気になる相手がいるってことなのか？　き、気になるな。

「はえー。でも綾香がそう言うなら、うちが深見君のこと狙っちゃおうかなーなんて」

「どうぞどうぞ瑞希《みずき》のお好きに」

「というか、深見君でDってなるとあやちーの理想高すぎでしょ。そりゃまぁあやちーは私らよりその辺進んでて、多少目が肥えてるってのはあるんだろうけどさー。一体どれだけのハイスペックなら、あやちーのお眼鏡にかなうのやら」

「確かに。わたしも気になります」

三人から興味津々な視線を向けられた篠原は、やれやれと頬杖《ほおづえ》をついて口を開いた。

「うーんまずさぁ大前提として、彼氏にするならそれなりにお金持ってないとダメって話」

「「「へ？」」」

「ん？　なにその反応？　だってそうっしょ。このご時世、どこ遊びに行くにしたって、それなりにお金かかるんだし。まず前提として、デートでこのあたしにお金出させる男とか論外。せっかくこのあたしがわざわざ時間を割いて、そいつのためだけにおしゃれして来てあげてるんだから。あたしがこれ欲しい、ここ行きたいってなったら、よっしゃ任せろって気概で男見せてくれないと。まーときめかない」

絶対条件だとばかりに強く頷《うなず》く。こいつ、どんだけ自分に自信があるんだよ。

「あーお金かー。けど納得ー。そりゃ深見君でも対象外になるわけだ。というか、普通の高校生であやちーを満足できる人なんていなそー」

「ほんそれー。けどー、それならそれで逆もめちゃ気になるかも」

「は？　逆ってなによ？」

「いくら綾香の基準が高いって言っても、深見君と他の男子が同列ってことはありえないよね。たとえばー――さっきからちらちらと私らのこと窺《うかが》いながら、会話を盗み聞きしてるっぽい、そこの風間《かざま》君とかさぁ。綾香《あやか》的にはなにランクになるのかなぁ？」

高槻《たかつき》が意地悪な笑みを浮かべて、ぱっと俺の方を向いた。

「は……？」

突然のことでどう反応すればいいかわからず、身体《からだ》が硬直する中、残りの三人からうわぁと言いたげな冷ややかな視線が追従する。

「ふぅーん。風間ってば、あたしらの会話盗み聞きしてたんだ？」

篠原《しのはら》からの凍《い》てついた、まるで痴漢と出くわしたかのような侮蔑の籠もった眼差《まなざ》し。

「いやその、盗み聞きだなんてそんな……。ただ、会話がちょこっとだけ聞こえたってか」

「ふぅーん。聞いてたことは否定しないんだ。はぁ。——最、低」

篠原の辛辣な表情に、弁解の余地がない俺は「ぐっ……」と押し黙るしかなくて。

「で、綾香、風間君はなにランク？」

にやっと高槻が楽しそうにせかす。こいつ、この状況を楽しんでやがる。性格クソ悪っ。

「んー興味ないやつの査定しろって言われてもさぁ。——あ、逆の逆に風間に聞きたいんだけど。風間はこの中でもし彼女にするなら、誰がいいわけ？」

どこか俺を試すように、にまぁっと意地悪な笑みを浮かべる篠原。

唐突な話題変換に俺は「へ？」とたじろぐ。それは、急に話題の中に入れられた篠原以外の女子三人も同様で、「え？」と驚きの声を上げて困惑していた。

「ちょっ、綾香なにそれ。新手の罰ゲーム？　そんなの誰も幸せにならないって」

「えーいいっしょ。こっちの方が面白そうだしさ。で、どうなのさ風間？」

篠原は高槻の異議をスルーし、催し物の観客の如《ごと》く、好奇心満々に催促する。

三人が何か言いたげな視線で、じっと俺の発言を待つ。気まずい空気。だれ選んでも終わってないかこれ？　比較的害のなさそうな、桜宮《さくらみや》か若菜《わかな》の二択な気はするが……。

いまいち決めきれず、候補二人の間で視線をきょときょとさせていると、不意に篠原が苛立《いらだ》った様子でため息をついて、

「はぁ。あんたさぁ、そういうとこだから」

「へっ？」

「優柔不断で、いざって時の決断ができない典型的な駄目男。ま、そんなんだからあんた、誰からも相手にされてないって話。あー白けたわ」

至極軽蔑した表情でそう言うと、これ以上喋《しゃべ》る価値もないとばかりに視線を逸《そ》らす。

と、その直後。

「おぃすー。なんの話してんの？」

軽薄そうな声と共に篠原グループにやって来たのは、男子側の一軍連中だった。

深見剣夜《ふかみけんや》。爽やか系イケメン、クラス内女子人気ナンバー1の男子側のリーダー的存在。

木場了《きばりょう》。怖いもの知らずのお調子者で、今、篠原達に声をかけたのもこいつだ。

星野秀《ほしのしゅう》。野球部の次期エースだと噂《うわさ》される好青年。

三人の手にはそれぞれ種類は違うが紙パックの飲み物が握られていて、どうやら男子連中だけで購買にでも行っていたようだ。

女子四人の興味が俺から彼らへと移動し、俺は人知れず安堵《あんど》する。

「お、暫定Bランクじゃん」

「ちょっ、千雪《ちゆき》ちゃん。本人達にその話題はさすがにどうかと……」

「なになに、Bランクって。もしかしてイケメンランキング的な？　Bってことはそこそこやるやつっしょ。俺っち、もしかして結構評価高め？」

「今のうざい自己主張で、評価下がったわ。木場《きば》、C通り越してDまで格下げな」

「そんな～。そりゃないっすよ篠原《しのはら》さ～ん」

「くははっ。了《りょう》らしいな」

「ちなみに～深見《ふかみ》君は文句なしのAランクだよ」

「ありがと。なんか気を使わせちゃったようで悪いね」

あっという間に溶け込み、わいわいガヤガヤと盛り上がる一軍グループ。

「あ。そんなことより秀がさぁ、久々に土曜日部活休みだから三人で遊び行こうぜって話してたんだけど、みんなもどう？」

「お、いいじゃん。うちはありよりー。ひなっちはもち行くよね。だってほっしーが休みなんだし」

木場の提案に、若菜《わかな》が手を挙げて飛び乗る。

「もう、なぜそこを強調したのですか？　まぁ特にこれといった用事はありませんが」

「綾香《あやか》はどう？」

深見が爽やかに笑って尋ねると、篠原は途端にむっと眉を顰《ひそ》め不機嫌そうにして、

「あんさぁ、馴《な》れ馴《な》れしく名前で呼ぶなって何度も言ってるよね？　あたしが名前で呼ぶのを許してるのは、家族と仲のいい女子の友達だけだって」

本気でイラッとしたような強い語気に、周りがヒヤッとした空気になる。

「あ、あははは、悪かったって。おわびに土曜、奢《おご》るからさ。ごめん許してこの通り」

「ふぅーん。ま、奢ってくれるってなら考えてあげなくもないけど」

あの篠原に睨《にら》まれてあんな飄々《ひょうひょう》と返せるとか。すごいな深見のやつ。

その後、篠原達は具体的にどこに遊びに行くかで和気藹々《わきあいあい》と盛り上がり始めた。篠原も渋い顔していたわりに、いつの間にか話の中心に立って詳細な日程を纏《まと》めている。

気の知れた仲間と楽しく笑ってわいわいと過ごす昼休み。それは俺がこの睡蓮《すいれん》学園に転入してきた当初憧れていた高校生活の一幕そのもの。極めて近い場所にあるにも拘《かか》わらず、限りなく遠い世界。

それでも、いつかは俺もって気持ちはやはり消えない。正直、人はそうそう変わること

はできないって、一度は断念しそうになったが、やっぱり人生ってのはやり直しがきかないって考えた時、俺は諦めずに努力し続けることを決意した。

俺は俺なりの歩み方で、自分の理想とするドラマみたいな青春を手に入れるんだって。

ま、あの面子《メンツ》の中に入りたいかって聞かれると、それはまた別の話になりそうだが。

○

放課後。俺は真っ直《まっす》ぐ家には帰らず、自宅のあるマンション近くのスーパーの前で、約束通り妹を待っていた。

と、それは定刻直前に到着した俺が、スーパーの前で暇つぶしにスマホを弄《いじ》り始めてから三十分くらい経《た》った頃のこと。俺を見つけた妹が、ご自慢の金髪をひゅんひゅんと揺らし、駆け足でこっちに向かってきた。

「――ごめん！　みんなと喋《しゃべ》ってたら学校出るのちょっと遅くなった。だいぶ待たせちゃったよね？」

目の前までやって来た妹――篠原綾香は、はぁはぁと肩で息をしながらぱっと手を合わせると、俺の機嫌を伺うように上目使いでじっと俺を見つめてきた。

そう、俺が昼休みにラインのやり取りをしていた妹とは、実は目の前の席にいた篠原《しのはら》だったのだ。

そして俺はひょんなことから身分上では妹となっている彼女と、学校には内緒のまま二人でマンション暮らしをしていたりする。

「気にすんな。今は昔と違ってスマホのおかげで、いくらでも暇つぶしのネタが転がっているからな。寧《むし》ろもう三十分も経《た》ってたのかって驚いたよ」

「そう？　怒ってないなら、いいんだけど……」

笑顔でそう言うと、しゅんとした顔で見つめていた篠原が、ほっと胸を撫《な》で下《お》ろす。

教室でのお高くとまって、我が物顔で俺を虫けらのように扱っていた彼女とはまるで違うその態度に、俺はついおかしくて「ぷっ」と吹き出してしまった。

「えっ、なんでいきなし笑うわけ？　ひょっとして焦って走ってきたから髪とかくずれてたりする？」

篠原は慌てた顔でばっとスーパーの窓ガラスの前に駆け寄ると、鏡代わりにチェックしながら気恥ずかしそうに髪を弄《いじ》る。

「違う違う。ほら、昼休みに俺のこと駄目男だの、相手にされないだの、散々罵ってたやつの振る舞いじゃないだろって思ったらつい、な」

「なにそれ。つーか、あれはどっちかって言うと南樹が悪いじゃん。せっかくこのあたしが、助け船出してあげたっていうのにさぁ。それを棒に振ったのはどっちだって話」

あたしは悪くないとばかりに、頬《ほお》をぷくっとさせて抗議の視線を送る篠原。

「助け船？　そりゃどういうことだよ？」

「あんたを酷評する流れから、上手《うま》い具合に話題を逸《そ》らしてあげたじゃんか。それに、あそこで南樹《みなき》が、迷わずあたしを選んでくれたらさー。さっきのあたしの理想を盗み聞きしてた上で選ぶなんて勇気ある――って瑞希《みずき》達からの評価爆上がり待ったなしだったかもなのに。もったいな」

「マジか。あの篠原の悪ノリみたいなムーブには、そんな意図があったってのかよ？」

「そ。なのに、南樹ってばあたしの善意に気付かずに、千雪《ちゆき》と姫南乃《ひなの》の間で悩んでるみたいな空気だしててさ。なんか、無性にイラッときたからぶった切った」

ふんと拗《す》ねるように篠原が顔を背ける。

「そりゃあ、なんか悪いことしたな」

「ま。深見《ふかみ》だとか見てくれがイケメンってだけできゃーきゃー騒いで最高評価つけちゃってるあのお子ちゃま達に、南樹のよさを理解しろって方が無理あるか。あの子達が、体裁だけよく取り繕ったろくでもない男に騙《だま》されないかちょっと心配かも」

「はっ、それを言うなら、逆に篠原が俺に騙されてる可能性だって――」

「ないよ。それは絶対に。あんたがあたしにしてくれたことを考えたら無理がある、つーか。おかげさまであたし今、はちゃめちゃに人生充実してっからさ」

「そ、そうかよ……」

ちょっとした冗談のつもりが、真面目な顔で返され、気恥ずかしさから思わず明後日《あさって》の方向を向いてしまう。そんな俺を目に、篠原《しのはら》は楽しそうにくすっと笑っていて。

「──あ、というかまた南樹《みなき》ってば、学校の外なのにあたしのこと篠原って呼んだでしょ」

「へ？」

「綾香《あやか》。学校以外では名前で呼んでって言ってるし。一応あたしら家族なんだし。家族が苗字《みょうじ》で呼び合うのは不自然って話。今のあたしは、戸籍上では篠原じゃないんだしさ」

一転して不快だとばかりにギロリと双眸《そうぼう》を吊《つ》り上《あ》げ、顔をぐっと近づけてきた。

「わ、悪い……綾香。今後は気を付けるよ」

「ほんと、しっかりしてよね。さ、早く中に入ろう。時間的にもうそろタイムセール始まってもおかしくないんだし。ちゃんと確保できるようにスタンバっとかないと」

まるで遊園地を前にした子供のように、篠原──綾香は俺の腕をぐいっと掴《つか》むと、楽しそうに早足でスーパーの中へと誘っていった。

「まずはお一人様一個のお醬油《しょうゆ》に次は卵。それから、ごま油も安い日だった気がする」

「おいおい、俺を買い物に連れ出したのは、実はそれが目的かよ」

綾香は俺の妹になる前までは、あまり裕福とはいえない家庭環境にいたのもあって、お金にストイックで特売品に目がなかった。今となっては、そこまで気配りせずともいいはずなのだが、綾香いわく「お金があっても、無駄に使うかは別の話」らしい。

「残念。それがではなく、それも目的。でも、一番の理由はやっぱ南樹と一緒に買い物したかったから——かな。こうして晩飯の相談しながら二人で歩くって、なんか家族って感じがしていいじゃん」

にひひと無邪気な微笑《ほほえ》みを浮かべた綾香が、ぐっと距離を縮めてくる。その学校では見たことのないあどけなくてかわいい一面に、ふと顔に熱を覚えた俺は思わず目を逸《そ》らしてしまう。くっそ。美人がたまに見せる子供っぽい姿ってのは、破壊力ありすぎやしねぇか。

色々あって、俺は少し前からクラスの女王様系女子と二人きりの同居生活を送っていた。

話せばクソ長くなるが、別に恋人だとか好き合ってるとかそんな甘い関係ではなかった。

一応の今の戸籍上では風間《かざま》綾香。俺の実の妹ということになっているのだが、お互いの親が再婚しただとかそういうわけではない。

まぁなんというかめちゃくちゃ色々あった結果、俺は綾香を養子ならぬ養妹として一人暮らしの我が家に招き入れたのである。

ん？　そんなこと、たかが高校生のお前がどうやってできたのかって？　百歩譲ってそんなことができたところで、勝手に家族を増やして、両親はなんも思わなかったのか？

後者に関しては全然問題ない。なんせ風間《かざま》家には最初から親など存在しないのだから。

前者に関してはこれまた話すとどちゃクソ長くなりそうだが——ま、端的に説明すると社会人時代に培った経験と、知恵や人脈の賜物《たまもの》って感じか。

実は風間南樹《みなき》という名は、本来ならこの世には存在しない、架空の人物だ。

おまけに本来の俺は高校生活なんてものはとっくのとうに終えた——今年二十九歳を迎える、アラサーのおっさんなのである。

それがひょんなことから十代の頃の身体《からだ》に戻ってしまい、紆余曲折《うよきよくせつ》を経て、風間南樹を名乗り、人生を高校生からロールバックするハメになっちまいやがった。

そしてその架空の戸籍に、一人も二人も変わらないって感じでワケありの綾香《あやか》を妹として追加して——まぁ現在に至ったりするわけだ。

ちなみに本名は本条大和《ほんじようやまと》。本物の俺の方は、名目上では死んだことになっている。

精神年齢二十九歳。身体年齢十七歳の職業高校生。それが今の俺。

これこそ、俺がいまいち高校生活に馴染《なじ》めてない一番の理由だった。中身おっさんの俺には、思春期特有の青臭さや、間違った自信を持つあいつらとの対話は苦労の連続で……。

ちなみに若返りを含む、俺を取り巻く複雑な事情については、綾香すら知らない。

〇二度目の高校生活はクラスの女ボス付きで

本条大和としての人生の終了は本当に突然だった。

とある経緯から、瀕死《ひんし》の重傷を負って生死の境をさまようこととなった俺。

普通の医者なら匙《さじ》を投げかねない程の重体だった俺を救ってくれたのは、以前からの知人でその筋では令和のブラック・ジャックと噂《うわさ》される闇医者——財前霧子《ざいぜんきりこ》だった。

そうして彼女のおかげで一命を取り留めた俺は、次に目覚めた時にはなんと——


十代半ばの身体へと若返っていたのである。


若返りの原因は、彼女が投薬した非合法な薬の副作用らしい。霧子いわく、肉体の回復を促進する目的で投与したものが、なんらかの副反応を起こして想定以上に活性化した結果、体力のピークと呼ばれる十七歳前後の肉体になってしまったんだそうな。

そりゃあ初めて若返った自分の顔を見た時は、正気が保てないくらいに慌てふためいたもんだ。なんせ鏡に映った自分が、よりによって一番自分を好きになれなかった頃の——高校生時代の自分だったのだから尚《なお》のこと。

とまぁ、そんなこんなでこのまま十代の容姿で生きることを余儀なくされた俺は、これまで通りの生活を送ろうにも、職場や知人に若返った経緯を説明した時点で違法な薬物を摂取したことが公になって捕まるかもしれないだとか、様々な観点から社会人としての人生を続けることが困難だと判断した結果、いっそのこと容姿相応に高校生として第二の人生をスタートすることに決めたのである。

そうして俺は、闇医者として裏社会に精通していて、色々と融通の利く霧子《きりこ》の協力の下で風間南樹《かざまみなき》という架空の戸籍を手に入れ、彼女が表の仕事の一環として学校医を務めていた睡蓮《すいれん》学園に、二年生からの転入という形でこっそり根回ししてもらったのだ。

――これがざっくりと掻《か》い摘《つ》まんでにはなるが、風間南樹の誕生経緯。

風間南樹となった俺は、いつまでも今までの人生に戻れないことにクヨクヨしているのではなく、寧《むし》ろ若返ったアドバンテージを武器にこれからの人生をよりいいものにするべきだと、転入を直前に一つの決心をした。

今度こそ、かけがえのない仲間に囲まれた、漫画のような最高の青春を過ごしてやると。

一度目の、本条大和《ほんじょうやまと》時代の高校生活といえば、それはもう完全にモブでつまらない灰色な青春だった。友達がいなかったわけではないが、どれも卒業後は全く連絡を取ってないような、表面上の浅い付き合いばかり。行事や部活に打ち込んで熱中した経験や思い出も皆無で、楽しかったと呼べる記憶を思い返そうとしても、ちっとも浮かんできやしない。

おまけにあの頃の俺といえば、世間の目や周囲の空気ばかりを気にして自分の意見を主張できず、周りに流されては後悔してばかりの、実にくだらない男だった。

だが、今の俺には一周目の高校生活で失敗から学んだ知識と経験がある。どこぞの転生ものやタイムトラベルものみたいに、この強みをフル活用すれば、クラスの中心的存在になるのもきっと夢じゃない。そう、実質経験値繰り越しでコンティニューな今の俺なら、あの日夢見た理想の青春を、この手で掴《つか》みとることだって不可能じゃないはず！

と、そんな熱い想《おも》いを胸に飛び込んだものの——蓋を開ければこの通り、結果はまぁなんとも無残な現状だ。ぼっちになっている分、寧ろ一度目より悪化している。

あの時の俺は知らなかったのだ。

今時の若者ってのは驚く程にドライで、昔以上に、必死になったり、努力したりする姿を見せるのが、ダサいって風潮が蔓延《まんえん》してることに。

無駄は極力省いて、効率よく生きるのがかっこいい。俗にZ世代と定義される連中が、コスパとタイパを重視するってのを知ったのは、もう一通りやらかし終えた後だった。

ようするに、他のクラスメイトにとって、青春の尊さを訴えて友達作りに熱を燃やす俺は、どこか非合理的で胡散臭《うさんくさ》く映り——極めつけはクラスの一軍女子の放った「だっさ」

の一言だった。あれから一気にイタいやつという風潮が蔓延して距離を置かれ——まぁ現在に至っていたりする。正直、アラサーでの高校デビュー失敗はかなり心にきたもんだ。ま、こんな感じに世代のギャップに戸惑い、ぼやいて、四苦八苦する毎日だが、それでも諦めるつもりはなかった。

——今度こそ、後悔のない人生を。

これは、俺が風間南樹《かざまみなき》として生きる決意をした際に、心に括《くく》った信念ってやつだ。

それは一度、生死の境を彷徨《さまよ》ったからこそ生まれた心境の変化だった。人生、いつ何が起きるかわからない以上、せめて仏になった時に、閻魔《えんま》の前で最高の人生だったと笑顔で言える自分になりたいって。

それに、あのクラスで顔を合わせた当初は、絶対仲良くなることはないと思っていた綾《あや》香《か》とだって、色々あったとはいえ、仲良くなるどころか今では一緒に暮らすことになっていたりするんだ。ほら、人生ってやつは何が起こるかほんとわからねぇだろ。

綾香を取り巻いていた騒動が一段落し、二人暮らしにも慣れてきた今こそリベンジの時。

ここから始まる風間南樹の逆転物語、極上青春活劇をとくとご覧あれってんだ！

○

決意を新たにした次の日の学校の昼休み。

俺は学園の購買で買った日替わりサンドイッチを齧《かじ》りながら、気心の知れた仲間と過ごす、楽しい学校生活を目指すための今後の身の振り方について、思案していた。

ちなみに綾香の方は、晩ご飯の残りをメインにしたお手製弁当。彼女にはもったいないから俺の分も用意すると強く言われたが、俺は丁重に断っていた。変なところから匂わせに繋《つな》がるのを防ぐってのもあるが、この手の地域の総菜屋が特別に卸《おろ》している、当たり外れのある日替わりメニューってのは、学生の時にしか味わえない代物なんだよな。

これもまた一つ青春ならではの醍醐《だいご》味だって、失ってから気付かされた。

と、話を本題に戻すが、やはり昨日の今日で早急に結果を求めるのは悪手だろう。おまけに四月とは違い、既にグループが成熟化してるのもあってよりハードルが上がってるというか、またイタいやつで終わることは安易に想像がつく。まずは話しかけても自然と受け答えが返ってくるような土壌を、しっかりと作るべきだよな。

今一番重要なのは、マイナスイメージを払拭し、クラスに溶け込む努力。

ちらりと俺は前方の席にいる、目指すべき成功事例の一種かつ同居人に目を向ける。

「ま、あたしのそれなりにある経験から言わせてもらうと、男を顔で選びすぎんのもよくないって話。イケメンに限って気が利かなくて、一緒にいてつまんない男が多いんよねー」

「えーそれ絶対、綾香のハードルが高いだけだと思うけどなー。だってイケメンってだけで、一緒に街とか歩いてると、なんか勝った気分になるもん。そのプラスは大きいって」

「瑞希《みずき》ってば、ほんと視野が狭いんだから。そういうのってあたしの経験上、三日でなにも思わなくなるの。一度しょうもない男って評価出しちゃうと、その取り柄だったはずの顔すらしょうもなく見えてきちゃうし、そしたらまー終わり。さようならっつーか、見てくれで選んだ自分に腹が立ってくるっつーか。失敗してから後悔すんのが一番ださいし」

「うっ。綾香《あやか》の言う通りかも……」「勉強になります」「うん。うちもあやちーと同じで、一緒にいて楽しいかが一番大事だと思うなー」

頬杖《ほおづえ》をつき、苦労の滲《にじ》むような冷めた目で恋愛観を語る綾香に、高槻《たかつき》、桜宮《さくらみや》、若菜《わかな》が三者三様の反応を見せて、尊敬の意を見せる。

綾香を見ればわかるように、何かしらのポジションを持ってるってのはでけぇよな。

勉強キャラなり運動キャラなり、何かに長《た》けているってことはそれだけで注目の的になり得る。特に今挙げた二つは、定期的に学校で活躍できるイベントが存在するのも大きい。

とまぁ、考察してみた後でなんだが、俺に務まりそうなポジションがないんだよなぁ。

二周目とはいえ、勉強はほぼ忘れてて一からだし、運動も中の上くらい。十代に一目置かれそうな、バンドやダンスができるわけでもなく、かといって、ゲームの腕やオタク知識があるわけでもない。唯一人並み以上といえば、大和《やまと》時代から続けている遊神王《ゆうじんおう》カードくらいだが、あれはゲーム自体の歴史が長い分、メイン層が既に二十代後半から三十代寄りと高年齢化が進み、若い子はみんな他の新しいカードゲームに夢中なんだよなぁ残念。

となると、やはり俺には地道戦法しかなさそうだ。一日にクラスメイトと喋《しゃべ》る回数をなるべく増やして、好感度をちょっとずつ上げていく。これっきゃないな。

問題はそのきっかけだ。できれば俺自身から働きかける展開ではなく、何かしらのイベントにかこつけて、自然な流れで——が、一番いい気がするが……。

と、そう考えていたその時——

「お昼休み中、ごめんなさいね、みんな」

艶《あで》やかな声と共に、糸目が特徴的でおっとりとした雰囲気を纏《まと》った大人の女性が、教室内に入ってきた。

彼女の名は藤宮真央《ふじみやまお》。家庭科担当の先生で、俺達のクラスの担任だ。

昼休み中の先生の乱入に、クラスの空気が一瞬、強張《こわば》る。ただ、それも一瞬のことで、その相手が藤宮先生だと皆が認識した瞬間、すぐさま歓迎ムードへと変わった。

優しくて美人な藤宮先生は、困ってる生徒を見ると積極的に力になろうとしてくれたり、生徒の悩みに親身になって聞いてくれたりすることに定評があり、「真央ちゃん先生」のあだ名で親しまれ、睡蓮《すいれん》の中ではトップクラスに人気の高い先生だ。ただその反面、常に笑顔で全然怒らないのをいいことに、舐《な》められすぎている節もあった。

ちなみに綾香は反りが合わないらしく、けっと気にくわなそうにツンとしていた。

「クラス係のみんなは――あぁよかった、全員いるわね」

キョロキョロと教室内を見回した藤宮《ふじみや》先生が、何人かの生徒に視線を合わせてほっと胸を撫《な》で下《お》ろす。そこには俺も含まれていた。

「急で申し訳ないのだけど、クラス係のみなさんには、業者さんから来た食材を玄関から家庭科室に運び込むのを少し手伝ってほしいの」

藤宮先生が申し訳なさそうに手を合わせる。クラス係ってのは、主に担任の雑用を手伝う係で、全部で三人いた。

昼休みを阻害されたこともあってか、気怠《けだる》げに立ち上がった他の面子《メンツ》に対し、俺も似たような雰囲気を出しつつも、内心ではウキウキで藤宮先生に付いていく。

俺以外のクラス係は、チャラい系のグループに属す竹山《たけやま》と、オタクグループに属す三田《みつた》の二人。普段全くといっていいほど絡みのない面子だからこそ、何気ない会話に俺が入る余地もあるってわけだ。地道戦法の第一歩として、爪痕を残すぞ俺！

と、意気込んだまではいいが、一つだけ懸念はあるんだよな……。

「風間《かざま》君」

その懸念となる張本人、先導していた藤宮先生が、ふと振り向いて話しかけてきた。

「風間君が転入してきてもう二ヶ月になるけど、この学校にはもう慣れた？」

「そうですね。まぁまぁ慣れてきたかなぁと」

「なら、よかったわ。もし、何か悩みとか相談したいことがあれば、いつでも先生を頼っていいからね。先生はどんなことがあっても風間君の味方だから」

世話好きな藤宮先生が、優雅に微笑《ほほえ》んでそう告げた。未《いま》だ教室で浮いた感じでいる転入生の俺を、担任として、普段から人一倍気に掛けてくれている様子なのだが、正直、ありがた迷惑でもあるんだよなぁ。この状況とか、普通に贔屓《ひいき》感あってやりづらいし……。

「あ、ありがとうございます。その気持ちだけでも、十分嬉《うれ》しいです」

「ほんと、どんな些細《ささい》なことでもいいのよ。進路や学業についてはもちろんのこと、バイトだったりとか学校外だったりも——先生、家庭科の担当だから、自炊とか掃除方面なんかにも相談に乗れるわよ。確か風間君は一人暮らしだったわよね？」

「はい。そうですけど……」

綾香《あやか》が風間綾香になって一緒に暮らしていることは、当然、学校には何一つ連絡していない。依然として、綾香の住所は親と一緒に暮らしているままになっている。

「困ったら、気兼ねなく連絡をちょうだい。先生、すぐに駆け付けるから。ああそうだわ、よければ夕飯のお裾分けとかどう？　毎日ご飯を考えるのは、やっぱり大変でしょう」

「えー。それなんかやばくないっすか。人妻の先生が、若い男が一人暮らししてる部屋に通うのって。なんか公にできないような間違いが起きちゃったりとか」

俺達の後ろでやり取りを聞いていた竹山が、にやけた顔で茶々を入れてきた。

「もう、竹山《たけやま》君ってば。そんな間違いなんてのは、絶対に起きませんから」

ぷりぷりといまいち怒りきれていない顔で、ぶんぶんと手を振って抗議する藤宮《ふじみや》先生。それに連動してきらんと光る結婚指輪に目をやっていると、不意に藤宮先生が申し訳なさそうな顔でこっちを向く。

「あぁ違うのよ。別に風間《かざま》君に魅力がないってわけではないの。ただまぁ、先生とあの人はちょっと運命的な出会いだったというかね。先生にとってはその、あの人以外との恋愛は考えられないなぁなんて」

「そんな訂正わざわざいれなくても、わかってますって。お熱そうで羨ましいです」

照れくさそうに語る惚気話《のろけ》を、愛想笑いで受け流す。その実、俺の心境は複雑だった。

なぜかというと、実は彼女、藤宮真央《まお》とは、本条大和《ほんじようやまと》時代の知り合いだったりするのだ。

それも単なる知人という間柄ではなく、藤宮先生——いや真央とは本条大和時代に同棲《どうせい》経験まである、元カノだったりするわけで……。

転入初日、教師と生徒という立場で再会した時には、そりゃもう運命というやつをぶん殴りたい勢いで大いに呪ったもんだ。これは流石《さすが》に反則すぎる。

おまけに久しぶりに見た元カノの左手の薬指には、なんと結婚指輪があって——これには若返りなんてSFじみた体験をした俺でも、衝撃のあまりマジで顎が外れそうになった。

幸い、彼女が俺の正体に気付いている素振りは今のところない。まぁ冷静に考えて、元カレに似ている生徒がいたとしても、それが元カレ本人だなんて考える方が変だしな。

もしくは本条大和なんて駄目男のことは、とっくのとうに忘れているのかもしれない。

ま、なんにせよ、今の真央自身が幸せそうならなによりだ。

なんて、ちょっと感傷的になっている間に、目的地だった正面玄関に到着した。

食材の入った段ボールを一個ずつ手に持つ。何を作るかまでは不明だが、一クラス分でも、約四十人前の材料を用意しなきゃいけないとなると、この量も納得だ。

真央に「業者さんとお話があるから、先に家庭科室に向かっていて」と言われた俺達は、クラス係だけで家庭科室を目指して歩き始める。

「――なぁ、お前らはこのクラスに好きなやつとかいないのかよ？」

横並びになって廊下を歩いていたところ、真ん中にいた竹山が話題を振ってきた。

「僕はまだ、そういうのは早いかなぁって……」

「えー。別に隠さなくてもいいじゃんか。俺達高校生なんだし、好きな子や気になる子の一人くらい、いて当たり前だろ。ちなみに俺は、若菜《わかな》な」

「俺は……やっぱり桜宮《さくらみや》かな。あんな優しくてかわいい子と付き合えたら、そりゃ人生毎日キラキラしてるんだろうなってそう思う」

照れくさいと視線を外して答える。ま、実際は嘘《うそ》なんだけどな。桜宮《さくらみや》は男子で一番人気があるから、納得感が出そうな選択を取ったに過ぎない。だいたい、アラサーの俺に意中のＪＫがいたら、それはそれで別の問題があるだろ。かといって、ここでいないだとかつまらない解答をしようものなら、せっかくの交流の機会が消滅しかねない。だからここは、ご愛敬《あいきょう》ってことで。

「あー桜宮かぁ。わかるけど、風間《かざま》からすっと、ちょっと目標が高すぎじゃね？　競争倍率が高すぎる。もっと現実的に生きた方がいいぞ。初カノに理想を求めすぎてちゃ、いつまでたっても彼女できないって。どうせその内、星野《ほしの》とかと付き合い始めるのが見えてるもんだし。悪いこと言わないから、早い内に切り替えとけよ」

「お、おう……」

どうにも竹山《たけやま》は、格下認定した相手には、とことん上からくるタイプっぽいな。

「で、三田《みった》はどうなんだ？　俺達が本音で喋《しやべ》ったのに、お前だけダンマリはないよな？」

約束なく勝手に喋ったくせして横暴な発言だなと思いつつも、竹山と同様に三田へ視線を集中させる。三田は、やがて観念したかのように口を開いた。

「ぼ、僕はその……篠原《しのはら》さんかな」

「えぇー。マジかよそれー！」

目を丸くして驚愕《きようがく》する竹山。俺も驚きを隠せなかった。

「なになに、三田みたいなオタク系って、黒髪で清楚《せいそ》な女の子がタイプなんじゃないのかよ？　篠原は真逆も真逆すぎじゃね。それこそ風間みたいに桜宮とかさぁ」

「それはその……。この間、選択授業の工芸の時間の時に、僕が不器用なせいで上手《うま》くいかずにもたついてたら、いつの間にか、篠原さんが怖い顔で僕のこと見てて――最初は弄《いじ》られるって思って、ビクッとしてたんだけど。僕に代わって苦戦してた場所をやってくれたり、アドバイスとかくれたりして――」

「で、好きになってたと」

「う、うん」

にやけた顔の竹山に詰められた三田が、気恥ずかしそうに肯定する。

ああ見えて綾香《あやか》は、ＤＩＹだの工作の類いが大好きだ。自分の創意工夫を形にすることや、手間暇、頑張った分だけ自分に返ってくるところが、好きなのだと。おまけに倹約家なのもあって、材料が無駄に消耗される様を見ていられなかったってとこだろう。

ま、些細《ささい》なことで好きになっちゃうのは、十代あるあるというか。精神が大人のままな俺では二度とできない経験って考えると、ちょっと羨ましい。

「そうかぁ篠原かぁ。確かに篠原は美人だけどさー、でもあの性格はきつすぎってか、篠原ってこう、俺達男子のことってか、仲いいやつら以外はめっちゃ下に見てそうじゃん」

「まぁ、その意見は、わからんでもないな」

竹山《たけやま》の言葉に頷《うなず》く。これは半分本心で半分建前。実際、綾香《あやか》には人一倍自立しているという自負がある分、同級生を見下してるきらいがあるのは確かだ。ひょんなことで仲良くなるまでは、お前らと一緒にするなオーラむんむんというか、明らかな距離を感じたしな。

「だろだろ。やっぱ女の子に求めるのは癒《い》やしってか。その点、篠原《しのはら》は一緒にいたら逆に心がきゅっとなりそうじゃんか。それに噂《うわさ》によると、結構な頻度でパパ活やってるらしいぜ。うちの生徒で見たやつもいるって話だ。だから、平気な顔で浮気とかしそうじゃね？」

これに関しては完全なデマだな。一緒に住んでるからこそ、断言できる。

「やっぱそうなのかな……」

がくんとうな垂れ、目に見えて落ち込む三田《みった》。おいおい、惚《ほ》れてるならそこは動けない俺に代わって「篠原さんはそんな人じゃない！」ってばーんと突っぱねてやれよ。

「どっちにしろ、俺らじゃ相手にされないのだけは確かだろ。付き合った人数は優に二桁超えてるって話だぞ。その中には大学生や、若手起業家なんかも含まれてるって噂で、あの深見《ふかみ》ですら相手にしてない感じからして、本当なんだろうな」

そういやその辺は、俺もそこまで詳しくは知らないんだよな。今は特定の相手はいない様子ではあるが、さっきの教室でのご高説からして、二桁かどうかは知らないが、それなりの経験があるのには違いなさそうだ。もし俺に遠慮して、遊びたいざかりなのに我慢しているのだとしたら、そこは一度、言っとくべきかもな。

「けど、それとは別に気にはなるよなー」

「ん？　何がだよ？」

「察し悪いな風間《かざま》は。あの篠原がデレデレしてるところに決まってるじゃんか。いくら篠原だって、好きな相手の前でもずっとあんな感じにお高くとまってるってことはないよな。たとえば、えっちの時とかさー。ああいう強気なタイプほど、かわいく甘えてくるって話だぜ。かー羨ましい」

　鼻息を荒くした竹山の妄想に、こくんこくんと三田が頷く。

「お、おぉ……」

　そんな竹山の熱に当てられ、ベッドでタオルケット一枚の姿で何かを期待するようにこっちを見つめる綾香を想像し——途端、もの凄《すご》い罪悪感に襲われて慌てて中断した。

　にしても話の内容はさておき、なんかいいよな。こう野郎が雁首《がんくび》揃《そろ》えて欲望のままに好きを語るってのは。これはこれで、男子の青春が返ってきた気がしてワクワクしちまう。

　そうやって和気藹々《わきあいあい》とクラスの女子の話題で盛り上がっていると、あっという間に家庭科室に到着してしまった。盛り抜きで、この高校生活で一番楽しいと思ったかもしれねぇ。

　名残惜しさを感じながら、程なくしてやって来た真央《まお》の指示に従い、中身を冷蔵庫にしまっていく。四人いることもあってか、収納作業は速攻で終了した。

「——みんな、ありがとう。本当に助かったわ」

家庭科室を背に、真央《まお》がぺっこりとお辞儀しておっとりと微笑《ほほえ》んだ。

「さっきはつい風間《かざま》君を優先しちゃったけど。三田《みった》君と竹山《たけやま》君もなにか悩みだとか気になることがあったら、気軽に先生に相談してちょうだい。先生、クラスのみんなが楽しく過ごせるように、頑張るから」

「はい、真央ちゃん先生に俺、前から聞いてみたいことがあったんすけど。いいっすか？」

「あら、なにかしら竹山君？」

「先生って新婚っすよね」

「うふふふっ。そうね」

「やっぱ旦那さんと毎晩、熱い夜を過ごしてるんすか？　それとも、毎日一緒にいるってなると、逆にしなくなるものなんすか？」

「えっ⁉」

ピシッと、真央が目を半開きにして固まる。

「ええっと。あの、それはね……」

「あっその反応、やっぱ真央ちゃん先生もちゃっかりやることやってんすねー」

顔を真っ赤にオロオロする真央を前に、竹山がゲスな顔で勘ぐろうとする。

──はぁ。見てらんねぇなこれは。

「おい、それくらいにしといてやれよ。先生、困ってるだろ」

「は？　なに白けたこと言ってんだよ。風間だってさっきは、楽しそうに乗ってたくせに。先生の前だからって、急にいい子ちゃんぶるのはなしだぜ」

若いやつにありがちだよな、こういう持論。芸人の弄《いじ》りといじめを勘違いしてるというか、自分たちの空気優先で、他はどうなっても構わないって考えのやつ。

「別に優等生ぶりたいってわけじゃなくてだなぁ。本人に直接そういう話を振るのはちげえだろって思っただけだよ。こう、デリカシーってもんがあんだろ」

真央の前に立って、真っ向から竹山と相対する。ちなみに三田はというと、気まずそうに顔を俺達から背け、止めに入ろうって気はなさそうだった。

正論より、クラスメイトと変な軋轢《あつれき》を生む方が怖いって感じか。ま、昔の俺もそうだったから、気持ちはわかる。でもって、自分の信念を曲げては後悔しまくったもんだ……。けど、どうせこいつに、ひと悶着《もんちゃく》起こすような度胸はないだろ。

そんな俺の推察を答え合わせするかの如《ごと》く、竹山はしばらく俺の顔を気にくわなそうに睨《にら》んだ後、最後にはつまらなそうに、肩をすくめた。

「あーあ完全に白けたわ。教室に戻ろうぜ。三田」

「う、うん」

竹山が肩を怒らせて去って行く。三田も、彼の後を追っていった。

あーあ、やっちまった。これであいつらと仲良くなるルートは閉ざされちまったよな。

心の中でため息をついて、幾ばくかの後悔を抱く。

己の信念に従ったにしても、友達に囲まれた楽しい学校生活を目指す、風間南樹《かざまみなき》のムーブとしてはアウトもいいところだ。結局悔やんでるとか、アホなのか俺は……。

けどなぁ、苦手なんだよな。純真で、他人にノーを突きつけるのが苦手な真央《まお》の困った顔を見るのはどうにも。今の俺は風間南樹で、真央の元カレでもなんでもないってのに。

「風間君、先生のために怒ってくれてありがとう。格好《かっこ》よかったわ」

「いえ別に。単に俺が気にくわなかっただけで、先生を守りたいとか、そんなんじゃ……」

両手を合わせて穏やかに笑う真央を前に、気恥ずかしさを覚え、つい目線を逸《そ》らしてしまう。そんな俺の行動が、思春期男子っぽく映ったのか、真央は微笑《ほほえ》ましそうに笑って、

「あらあら。うふふふっ。だけど、そうやって他人のために咄嗟《とっさ》に動ける人って、中々いないものなのよ。先生が断言してあげる。風間君はきっとモテるわ。だから周りに変に流されずに、ずっとそのままでいてね。きっと今に風間君を見つけてくれる人が現れるから」

「あ、ありがとうございます」

大人と子供では価値観が変わるから、今は一人でも安心してねってことなのだろう。同じ大人だからこそよーく理解できる。——ほんと、立派に先生やってるよな、真央。

ただなんだ。それを破局した相手に言われてるって考えると、くっそ複雑だけどな。

午後、夕暮れ時。学校を出て真っ直《ます》ぐ家には帰らず、カードショップを巡って何かめぼしい物が入荷してないか見漁《あさ》った後、俺は自分の住んでいるマンションへと帰宅した。これはまぁ、大和《やまと》時代からの習慣みたいなものだ。カドショが中古商材をメインに取り扱っている以上、意図しないタイミングで、とんでもないレアカードが買い取りに持ち込まれることがある。それを見逃さないため、定期的に足を運ぶのをかかさないってわけだ。

エレベーターで昇り、自分の部屋の前に辿《たど》りつくと、鍵を開けて部屋へと入る。

ここは俺が、本条《ほんじょう》大和の時から借りたままになっている街の一等地にある高級マンションの一室だ。バルコニー付きでリゾートホテルさながらの広いリビングに、個室が三つ。本来なら家賃月々四十万なのを、社会人時代の仕事のツテで、月々十五万で契約している。

普通なら家族が住むようなこの居住スペースを、大和時代の俺は趣味満載の隠れ家的空間として、真央と同棲《どうせい》していた頃から居処とは別に借りて利用していた。

昔から秘密基地って存在に憧れがあったというか。この家には、子供の頃に欲しかったけど高くて手が出せなかった、大会優勝賞品やプレミアカードの数々を大人の財力を駆使して買い漁り、コレクションした専用部屋がまる二つ。——もっとも、その内の一つは、今はもう越してきた綾香《あやか》の部屋として、様変わりを遂げていたりするのだが。

秘密基地である以上、この部屋の存在を誰にも教えてないのは幸いだった。おかげで風《かざ》間南樹《まみなき》となった今、なに不自由なく過ごせる住まいとして、こうして転がり込めている。

おまけに、俺には大和《やまと》時代からやっていた不動産投資により、蓄えが人並み以上にある。

おかげさまで、こうして綾香《あやか》が増えた上でも、この上流生活を滞りなく続けられていた。

「おかえりー」

と、それは玄関で靴を脱いでいた時のこと。つなぎの上からエプロンを羽織った綾香が、手に菜箸を持ったままひょこっと顔を出してきた。

「お、ただいま」

「夕飯、もう少しでできるから。そのつもりでよろしく」

「了解。いつもありがとな。俺も皿だしとか手伝うよ」

「ありー。助かる」

綾香と一緒にリビングに移動した俺は、手を洗うと、おかずや食器をテーブルの上に並べて準備を手伝った。

風間家の本日の献立は、鶏の唐揚げにポテトサラダ。そして具だくさんの豚汁だ。

「いただきます」

合掌すると、まずはメインとなる唐揚げを、箸で摘《つ》まんで口の中へともっていく。

「うっま！」

醤油《しょうゆ》ベースの下味がしっかりと付けられた唐揚げは、噛《か》んだ瞬間に肉汁が口の中にぶわあっと広がり、柔らかくジューシーでもうたまらない。

「ほんと、綾香ってばなに作っても最高だな。綾香が家に来てから、毎日温かくて美味《うま》いご馳走《ちそう》にありつけて感謝してるよ」

「そ、そう？　どういたしまして……」

髪を触って照れくさそうに視線を泳がせる綾香。学校では見ないようなあどけない一面に少しドキッとしつつ、俺は食事を続ける。――うん、このポテトサラダも美味《おい》しい。

と、綾香の手料理を堪能していた最中《さなか》、綾香がご飯を食べずに頬杖《ほおづえ》をつき、優しげな顔でじーっとこっちを眺めているのに気付いた俺は、思わず箸を止めた。

「ん、どうしたんだ？　食べないのか？　というか、妙に機嫌よさそうだけど、なにか学校でいいことでもあったのか？」

「いやさー、さっきのただいまもそうなんだけど、こういう家族のやり取りって、なんかいいなぁって」

ひひっと、どこか気恥ずかしそうに口許《くちもと》を綻ばせる。

「ほら、南樹には今更説明するまでもないけど、あたしのこれまでの暮らしってまぁアレな感じだったわけでしょ。だから些細《ささい》なこと一つとっても新鮮で、妙に楽しく感じるってか――今までは家に帰ってもずっと独りで、正直家に帰るのが億劫《おっくう》なことが多かったし」

「……そっか」

その、充実していると言わんばかりのにんまりとした顔に喜びたい反面、彼女の過去を知る俺は、少し切ない気持ちも覚えてしまう。

この家に来る前の綾香《あやか》は、本当に色々とあったからな……。

そんな綾香が悲観的にならずに、こうして環境が変わっても前向きに今を生きようと頑張ってんだ。十代の子がこれだってのに、三十手前の俺が言い訳並べてふて腐れるわけにはいかねぇよな。あぁ、ここは飯の場の力を借りて、一歩踏み出すとしようじゃねぇか。

そう決心した俺は箸を止めると、真剣な顔で綾香に向き合った。

「なぁ。こう、人と仲良くなれるきっかけって、一体どういうもんだと思う？」

綾香は唐突な話題に少し驚いたものの、すぐさま茶化《ちゃか》すようにニマニマと笑い出す。

「へぇー。やっぱ未《いま》だにその辺、気にしてんだ。もうあれだし、諦めたと思ってた」

「んなわけねぇだろ。いいか、青春ってのは誰しも一度きりしかこないんだ。だったら大いに楽しまないと損だろ」

熱を込めて言葉を飛ばす。奇《く》しくも二度目を経験してる俺がなに言ってんだって話だが。これは失ったからこそわかる意見でもあるのだ。

「でた。南樹《みなき》のよくわかんない熱血論。そんなんだからあんた、周りから胡散臭《うさんくさ》く見られて浮いちゃったの、忘れたわけじゃないでしょうね？」

「そ、そりゃまぁ……。いやまて、あの時、綾香が冷たい顔で一蹴してこなければ、もうちょいマシにはなってたと思うんだが。あれで完全に関わったらいけないやつ的な風潮ができあがったよな？」

そう、四月に俺を「だっさ」と一蹴してきた一軍女子というのが、実は綾香だった。あの至極辛辣な顔を前にして、当時の俺はひしひしと感じたものだ。こいつとは卒業するまで、絶対に仲良くなることはないなって。

「あれは南樹にだって落ち度はあるでしょ。今時、仲間に青春だとか面と向かって口に出すやつなんて現実見えてない馬鹿でしかないいっつーか、警戒して当然って話」

合間にポテトサラダをぱくつきながら、綾香が会話を続ける。

「ただまぁ、あそこで南樹の評価をクソダサ認定しちゃったのは、結構真面目に反省してる。あんたが街で困ってたあたしを身体《からだ》張って助けてくれたからこそ、それがきっかけで今があるわけじゃん。あんたにとってのあたしは印象最悪で、ざまぁって全然スルーしてもよかったはずなのに……。あ、今ではクラスで一番格好《かっこ》良くて、めちゃ信頼してるから」

「お、おう。ありがと」

「うーん、まずはそのいまいちパッとしない見た目を変えてみるところから始めるってのはどう？　やっぱ印象って大事じゃん」

「あーその線だけはナシでいきたいかな」

「え？　なんで？」

「……笑うなよ？　俺はその、気の置けない仲間とおもしろおかしく、馬鹿みたいな学校生活を過ごすのが目標なんだ。だからさ、今更見てくれをちょこーっと変えただけでコロッと態度が変わるような連中とは、そうなれる気がしねぇんだよ」

これは半分本音で、もう半分別の理由があった。流石《さすが》にアラサー近く生きてるんだ。おしゃれというか、自分の立たせ方はある程度、理解しているつもりだ。でも、それを実行しないのは、あの教室に真央《まお》がいるからに他ならない。俺が垢抜《あかぬ》けた先で辿《たど》り着《つ》くのは、少し若くなった本条大和《ほんじょうやまと》の姿だ。身バレのリスクが格段に上がる行動は、慎むべきだよな。

「別に笑ったりしないし。ただ、ごめんけどそれは厳しいんじゃない。あたしは南樹《みなき》に逢《あ》えたことが奇跡だって思ってるし。少なくともさ、あの教室にはそんな相手もういない」

どこか冷めたような遠い目をして、綾香《あやか》は言い切った。

「まだ一緒のクラスになってたった二ヶ月ちょいだぞ。決めつけるには早すぎるってか、それこそ俺と綾香が仲良く喋《しゃべ》ってる仲になれるなんて、お互い想像できたかよ？」

「うっ、それを言われるとそうなんだけど……。ま、なんにしろ、頑張りたいってなら、姿勢くらいは改善してもいいんじゃない？」

「姿勢？」

「そ。南樹のその普段の猫背気味な感じ、直せないの？　陰キャってのはさぁ、そういうとこに、普段の自信のない部分が反映されてるつーか、そこちょい意識するだけでも、受け取るイメージだいぶ変わってくるって話」

「確かに……わかった。身体《からだ》に染みついちまってる分、難しそうだが、善処してみるわ」

「友達作り、いちお応援してるから頑張って。こんなんでよければ、いつでも相談には乗るからさ。ま、あまり期待しすぎるのだけは、止《や》めた方がいいと思うけど」

「了解。肝に銘じておくことにするよ」

「つーかもう、学校でもあたしと一緒にいたらいいだけの話じゃん。そしたら、あたしだって、あっさい友達関係と、疲れるリーダーポジからお役御免できるわけじゃん。ほら、互いにいいことづくしでしか――」

「おいおい。一緒に住む時、それはナシって話になっただろ。俺達が一緒に暮らしてるってことが、もし学校にバレたら面倒なことになるのは目に見えてるからな。学校ではまるで接点のなかった俺達が、急に仲良くなりだしたら、変に嗅ぎ回るやつがでてくるかもしれねぇだろ。火のない所に煙は立たない、学校での関係はなるべく現状維持ってな」

　前のめりになって話す綾香に、俺は真面目な顔でかぶりを振る。

「それは、そうだけどさぁ……」

　まるで悪戯《いたずら》を咎《とが》められた子供のように、不満げな顔でしゅんとなる綾香。

　そのやり場のない苛立《いらだ》ちをぶつけるかの如《ごと》く、大ぶりの唐揚げに勢いよくかぶりついた。

「あ、おいそれ、最後に食べようと思って、あえて除《よ》けてあったやつじゃねぇか」

「はむはむ——残念でした。風間《かざま》家はバイキング形式なので、おかずは早いもの勝ちー」

ぬふふと無邪気に笑う綾香《あやか》。クラスで見るどこか人を寄せ付けようとしない様子との違いに、文句を言いつつも自然と笑みが零《こぼ》れてしまう。

「あ、そだ。おかずの話で思い出したんだけど、あたしの方も、南樹《みなき》に一つ聞いてみたいことがあったんだった」

「ん、なんだ？」

「今日、クラスの男子達が話してた会話をたまたま聞いちゃった時のことなんだけどさー」

「ふんふん」

また同じ過ちを繰り返す前にと、次点候補の唐揚げを箸で摘《つ》まみながら相槌《あいづち》を打つ。

「抜くってさぁ、あれどういう意味？」

「ぶっ!?」

喉がつまりそうになり、傍《そば》にあったお茶の入ったグラスを、急ぎ手にとって飲み干す。

「ど、どうしたの。大丈夫？」

「だ、大丈夫だから、続けてくれ」

今とても食事中に似つかわしくない話題をぶっ込まれたような——聞き違い、だよな？

「なんかさーその話の内容によるとあたしで抜いたとかどうとかで、盛り上がっててさぁ」

「お、おう……」

聞き違いじゃなかったかぁ。昼休みのくだりといい、いつの時代も、思春期男子はその手の話題が大好きだよな。かくいう俺も、あんま言えた口じゃないが。

「最初は身長の話題だと思ったんだけど、あたしをおかずにできるかどうこうみたいな話題になって、どうにも違うっぽくてさぁ。たぶん、美人が傍にいれば白米だけでも食べれるみたいなノリだとは思うんだけど――だとしても抜くの意味がよくわかんないし、どうも知ってて当たり前な感じだったから、南樹に聞いておこうかなぁと」

顎に手を当て、極めて真剣に自分なりの考察を述べる綾香。

そう、綾香はクラスで一番進んでいそうな大人びた見た目のわりに、実は下ネタや性知識には小学生レベルにとても疎い、天然記念物級の超ピュアなウブっ子なのである。

これで学校ではパパ活が趣味のビッチみたいな風潮が流れてるってんだから、人ってのは、ほんと見た目でしか判断しねぇよな。

「いいか、綾香。落ち着いて聞けよ。その、抜くってのはだなぁ……」

後になって余計な恥をかかないようにと、俺は声を潜めて説明に入った。

「……へっ？」

驚きで目をかっぴらいた綾香《あやか》が、みるみるうちに顔を赤く染め上げていく。

「それでオカズってのは――」

「う、嘘《うそ》でしょ……？　は、南樹《みなき》ってば、あたしが無知で、そういうこと苦手なの知っててからかってるでしょ？　最低」

ぷるぷると身体《からだ》を震わせながら、頬《ほお》を真っ赤に恨みがましい視線を送る。

「名誉のために誓って言うが、断じて違うからな」

「な、なによそれ。ってことはなに？　あいつらは、あたしのこと想像しながら、あ、あれしたってこと……」

「ま、まぁそうなるんじゃないか……」

「不潔。マジありえない！」

ばっと身体を腕で守るように覆い、涙目で非難する。

「女の子にえっちなことを教えるのを、調教って言うんでしょ。これは知ってるし」

「は？」

「……あたし、南樹に調教されちゃった」

「お、おまっ!?　そんなこと、絶対、人前で口にするなよ。いいな！」

「へ？」

大人びていると思ったら、これだもんな。ほんと綾香って不思議なやつだよ。

○血の繋《つな》がってない男子と二人で暮らしてる

突然だけど、あたしは人を見る目にはかなり自信がある方だ。

それは容姿や身だしなみだけでなく、その人の言葉遣いに性格、ちょっとした仕草まで全てをふまえて、その人とどう接するべきか、友好的に付き合うべき存在か、もしくは関わるべきでない存在かを判断する。

そうやって、あたしはつるむ相手を見定めては上手《うま》く引き入れ、毎回リーダーポジとしてクラスの頂点に立つことで、学校生活をそれなりに充実させてきた。

言動と見通しに実力が追いついていない、典型的な高校デビュー系イキリ陰キャ。キラキラした高校生活に憧れるも、現実がまるで見えてないイタいやつ。仲間だとか、なに夢見てんだって感じ。つーか、一々語ることが胡散臭《うさんくさ》くて鬱陶しい。

それが最初、あたしがクラスメイトの風間《かざま》南樹に抱いた評価と印象だった。

だったんだけど……。

「ふわぁ～」

土曜の昼下がり。あたしが居間でソファーに座って、宅配から受け取った荷物をチェックしていると、同居人の男がケツをボリボリと掻《か》きながら寝ぼけ眼を引っ提げてリビングに顔を出してきた。彼、風間南樹《かざまみなき》は、そのままキッチンにある冷蔵庫に向かうと、中から麦茶の入ったピッチャーを取り出し、コップに注いでグビッと飲む。

「あぁー」

まるで風呂上がりに牛乳を飲んだおっさんのようなだみ声。そのとても同級生とは思えない振る舞いに呆《あき》れていると、あたしの冷ややかな視線に気付いたのか、南樹がコップを持ったままふとこっちを向いた。

「ん、なんだ居たのか？　てっきりクラスの連中と遊びに行ってるとばかり思ってたが」

「あーあれ。まー誘われてはいたけど、適当な理由作って断った。べっつに歌って騒ぐのがそれほど好きってわけでもないし。つーか正直、遊ぶ金がもったいない」

「出たな。コスパとタイパを重視するZ世代の性《さが》。お兄ちゃんは、あんま気にしすぎなのもよくないと思うぞ」

「は？　なに言ってんの？　つーか、それいうならあんただってそのZ世代の一員でしょ」

「そ、そうか俺もZ世代になっちまうのか……。——だとしてもだなぁ。綾香《あやか》は人一倍気にしすぎてる節があるというか……」

「だってしゃーないじゃん。あたしは今までそうやって生きてきたんだから。今更変えろって言われてもさぁ。それ、なんか今までの生き方を否定されてる気がしてむかつく」

「……なんか、悪かったな」

あたしの語気が荒かったせいか、南樹が申し訳なさそうに視線を下げる。

あたしは、とてもじゃないが裕福と呼べない家庭で育った。

いわゆる親ガチャ大ハズレってやつ。もっともあたしの家庭はシンママで、父親の顔どころか、何者なのかすら知らないんだけど。

で、その母親というのが、家庭や子供は二の次にテメエの恋愛優先の最低なクズ女で、子供のあたしを家に独りでほったらかしにして朝帰りなんてのはザラ。家事は基本的に人任せで、ギャンブルやお酒に男遊びばっか。

連れてきた男が、あたしまで性的な目で見ていた時は、嫌悪感がハンパなくって、思わず吐いたことだってある。あたしが、クラスの男子に名前で呼ばれることに、無性に不快感を覚えるのも、たぶんこの時の拒否感が強く残っているからだと思う。

正直、あたしは恋愛が嫌いだ。生まれてこの方、恋人を欲しいと思ったことすらない。

まークラスのリーダーポジ張ってる以上、威厳を保つために、漫画やネットで仕入れた知識を経験談っぽく語ったり、恋愛相談に乗ったりすることはあるが、その話をしている時の心中は正に虚無。ごめんけど、なんであんなに盛り上がれるのか、マジわかんない。

それに、男がいない時の母親が一番マシまであったから……。

あんなやつには絶対になるもんか。絶対にこのクズとは縁切って、真っ当で、誰もが羨むような幸せな人生を送ってやる。生まれの境遇を理由にして、負けたくなんかないし！

これは、あたしが小さい頃から、自分自身に延々と言い聞かせていた目標。

そんなあたしは、中学半ばを過ぎた頃くらいから、生まれ付き手先が器用だったのを武器に、ジャンク品のゲーム機や、電化製品を買ってきては改修し、レストア品を売る活動を始めた。これが結構うまくいってそれなりに稼げるようになり、プラモの加工だったりアンティークの修理など、個人的な依頼も舞い込むようになった。特にエアガンの改造依頼はかなり高額で、グレーとわかりながらもこれは生活のためで、綺麗事《きれいごと》だけじゃ生きてくことなんてできやしないと、良心に蓋をして率先して受けるようになった。それに、信用されてる、見込まれてるってのが、悪い気分じゃなかったし。

自分の実力で稼げている、この腕で現状を変えていけているという実感が、とても嬉《うれ》しかった。時折タンス貯金がクソ親にバレて盗まれることもあったけど、それでもあたしはめげなかった。絶対、このゴミみたいな家庭環境から抜け出してやるって。

そうやって、脱クソ親生活に闘志を燃やす最中《さなか》に、あたしは南樹《みなき》と出会った。

あたしが街でヤミ金の強面《こわもて》連中に言い寄られて困っていたところを、偶然出くわした南樹が助けてくれたのが、あいつと喋《しゃべ》るようになったきっかけ。学校とはまるで違った堂々として頼もしい姿に、悔しいけど、少しドキッとしちゃったのは今でも鮮明に覚えている。

そこから学校では話せない愚痴や、相談を聞いてもらう仲になって。ある日、脱貧乏のため違法な改造ガンの製作をしてることを打ち明けると――サバゲや個人間の趣味の範囲でしか使用しないと聞いていたそれが、実は闇バイトで募った強盗集団の武器として用いられていた事実を南樹が調べてきて、そのまま彼に説得されて足を洗うことになった。

その頃くらいからだろう。南樹に対し、学校での少し横暴な、女ボスとしての仮面を被《かぶ》ったあたしではなく、完全に素の篠原綾香《しのはらあやか》で接するようになっていたのは。

だって、利益とか下心なしにあたしと関わろうとして、あたしが心配って理由だけで行動してくれるような人、初めてだったから。南樹になら、気負わなくてもいいかなぁって。

たぶん人生で初めて本心を出してもいいと思った人。それが南樹。

なんか、どん底だった人生に転機の兆しを感じたつーか。目に映る日常が昔より明るくなったような気がした、そんな時――あたしの前に人生最悪の事態が発生する。

クソ親が、とうとうあたしのことを借金のカタに売り飛ばそうとしたのだ。

自分で言うのもなんだけど、あたしは美人でおまけに未経験だし、そりゃ相当な値がついたんだろう。それを実の母親から嬉しそうに通達された時のあたしは、心が空になった。

生まれてきたことがそもそもの失敗。幸せになることを許されなかった存在。

永遠に搾取される側。それがあたしの運命。

そう一度は己の人生に諦観し、心が折れかけたんだけど――

そんな絶体絶命の状況からあたしを救ってくれたのが、他ならない南樹だった。

「――安心しろ。お前は必ず、俺が助けてやるからよ」

南樹《みなき》があの時、死んだ目をしていたあたしに向けていった言葉。

そうして南樹は、本当にやってのけたのだ。

真っ向からあたしらとヤミ金達の取引現場に乗り込むと、どんな裏技を使ったのか。あたしが風間綾香《かざまあやか》という南樹の妹であることを戸籍謄本を叩《たた》きつけて立証し、あたしがクソ親とはなんら関係なく連帯責任など存在しないと、取引を無効にしてみせたのだ。

どういうことだって思うかもしれないけど、実は当事者であるはずのあたし自身すら、未《いま》だによくわかっていない。南樹に聞いても、適当にはぐらかしてばかりだし。

まぁそんなこんなで、めでたくクソ親から解放されたあたしは、戸籍上では彼の妹——風間綾香として南樹のマンションで一緒に暮らしている。いざ独りになったはいいが行くあてもなく困っていたあたしを、こうして南樹が、自分の家に置いてくれたってわけ。

これがあたし、篠原《しのはら》綾香が風間綾香となって南樹の家に妹として住むようになった経緯。

あたしとしても、このまま借りの作りっぱなしでさよならは性に合わないし、絶対恩を返しきるまでは離れないつもり。今のところ家事全般を引き受けることで、恩返ししてはいるけど、受けた恩の量がはちゃめちゃすぎて返せてるのか微妙なライン。

ほーんと、南樹ってば、一体何者なんだろう？

彼が何者だろうが、あたしのために身体《からだ》を張ってくれたことは紛《まぎ》れもない事実。だからあたしは南樹を信用し、彼の口から語られない限り、不用意な詮索はしないと決めている。

……うん、そう決めてはいるんだけど――気にならないかと言われたら、それはまた別の話だよね。おまけに形式上は兄妹《きょうだい》とは言っても、その実態は普通に血の繋《つな》がってないただの年頃の男女。嫌でも色々と考えてしまうことはある。

正直最初は、同級生の男子と二人で暮らすことに、ちょっと怖いって気持ちもあった。けれど実際は単なる杞憂《きゆう》で――今では寧《むし》ろ南樹が傍《そば》にいることで、逆に安心感を覚えてるあたしがいたりする。

きっと南樹が、あたしをいやらしい目で見てこないからなんだろうけど。嬉《うれ》しいはずなのに、なーんかモヤモヤするんだよね。あたしだけが一方的に意識してるみたいでさ。

うーん、南樹にとって、あたしは好みのタイプとは全然違って色恋の対象外だからとか？　だったら、それはそれでめっちゃ気になる。ひょっとしてクラスにいたりするわけ？　ううう。なんだろ？　これ考えると、めっちゃ胸のあたりがざわつくんだけど……。

「――お、その荷物、俺のだよな？」

ふと、テーブルに置いてあった荷物に気付いた南樹が、嬉しそうな顔で目を向けた。

「え、あ、うん」

「おしおし、やっと届いたか」

コップをながしに置くと、待ちわびたとばかりに、荷物の目の前――あたしの隣へと無造作に腰を下ろした。

「へっ？」

肩がくっつくほどの距離に、思わず心臓がドキッと跳ね上がる。

「いやー待ってたぜ。これを探すのだいぶ苦労したんだよなぁ」

なのに、隣の南樹《みなき》ったらまったく意識しているような素振りはなく、荷物の開封に夢中で――ふん、別にいいけどさ。一応あんたの隣にいるのは、クラス一、二を争う美人って定評のあるあたしなんですけど。わかってんの？

「ん、どうした？」

「べっつに。で、なに買ったの？」

「お、綾香《あやか》も気になるか？　見てくれこれを」

じゃーんという効果音が聞こえてきそうなくらい、南樹が嬉々《きき》として見せびらかしてきたのは、厚手のプラスチックケースに入った、一枚のぴっかぴかに光るトレカだった。

「は？　なにこれ……？」

「何って、知らないのかよ。パチンコマシーンPM8を。こいつはカードゲームでの強さ的にはレアリティにそぐわない弱さで、いわゆる外れカード扱いだったんだけどな。発売から二十年近くたった今、この手合いのカードは逆に雑に扱われすぎた結果、美品と呼べる美品がほぼ残っていないんだよ。だからコレクターの間では相当な価値が――」

興奮した表情で、すっごい楽しそうに語ってるけど、ごめん。興味なさすぎて微塵《みじん》も頭に入ってこない。というかあたし、こんなよくわからない紙切れに負けたっての？

「また無駄遣いってことね。あのよくわかんない部屋に、またゴミが一枚追加されたと」

「ゴミっておい……。ん、ちょっと待て。俺が密林で注文してあったのは、パチンコマシーンPM8だけのはず。そこに置いてあるもう一個の荷物はなんだ？」

「あ、これ？　これはあたしが頼んでたやつ」

そう、さっきあたしが開けようとしていたのは、こっちの荷物だ。

「あんたってば、プライムアカウントだから送料無料なんでしょ。だから使わせてもらっちゃった。いいよね？　こういうのは家族間でならオッケーなんでしょ？」

「なんか、家族設定を都合のいいように使われてるのがちょっと引っかかるが……ま、いいや。で、なに買ったんだよ？　服とか？」

「違うけど……気になる？　これはね、今を生きる女の子にとっての必須アイテム」

ばばんと、得意げな顔で開封していく。

そうそう、あたしのような年頃の女の子なら誰もがいつかは手にしたいと憧れる代物。

「じゃーん。インパクトドライバー」

「…………は？」

「いやーあたしってば、電ドラだとドリルドライバーは持ってるんだけど、インパクトドライバーは持ってなかったし、せっかくだからやれることの幅広げたくて。買っちった」

前から欲しかった分、実物を目にして興奮が止まらない。あぁ早くなんか作ってみたい。

「これは、数あるインパクトドライバーの中でも、四段階のスピード調節機能がウリなんだけど、用途によって調整することで、小物から大物までこれ一本でなんでもござれって感じでさ。おまけにコードレスでベルトフック付きの、屋外や高所での作業も安易に行える、ガチで一家に一台なんでもこいの最強ツールってわけ」

あたしはいかにこの道具が素晴らしいかを語る。なのに南樹《みなき》ってば至極どうでもいいと言った様子でぽかんとしていて——ああこの顔、たぶんさっきあたしが南樹のご高説を前にしてたのと同じ顔だ。ほんと、合わないなあたし達って。

と、そんなことよりも、南樹が起きてきたら、言おうと思ってたことがあったんだった。

「ねぇ南樹ってば、今日の夜ってもちろん空いてるよね？」

「は？　なんだよ急に。そりゃまぁ空いてはいるけど……」

「そ。ならよかった。この生活にも慣れてきたことだし、前々からやろうと考えてた夜回りパトロール的なの、今日から始めてみようと思うから、あんたもついてきて」

「は、夜回りパトロール!?　なんだそりゃ？」

「あたしさー、思ったんだよね。あの日あたしが、街で偶然南樹と出会わなければ今頃真っ暗な人生を歩んでいたかもしれないように、この街には、あたし以外にも自分だけじゃどうしようもない事情を抱えたまま、誰にも相談できずに悩んでいたり、結構グレーなことに手を染めてたりする子が、他にもいるんじゃないかって」

目を丸めて驚く南樹に、あたしは胸に手をあて、滾《たぎ》る想《おも》いをゆっくりと言葉にしていく。

「あたしはそんな、一時の刺激や感情から道を踏み外しかけてたり、汚い大人のせいでどうしようもない理不尽をくらったりしてる子達を見つけ出して、力になってあげたい。あんたがしてくれたように。綺麗事《きれいごと》や正攻法じゃどうにもならないことを、型破りな手段で解決してみせる的な。そういう子達って、大なり小なり救いを待ち望んでるって思うから」

ちょっと照れくさくなって、つい視線を背けてしまう。こんな熱血主人公っぽいこと口にするのはキャラじゃないし、もしクラスのみんなに聞かれたらドン引きされそう。

だけど南樹は茶化《ちゃか》すことなく、真剣な顔で静かに聞いてくれていて。

「そのためにやれそうな範囲から始めてみようってことで夜回りパトロール。こういうのってさ、苦い経験をしたことがあるあたしだからこそ、力になれる気がするじゃん」

もちろんこの想いは本物だ。運が悪かったで折り合いを付ける世界なんて、絶対間違ってるって、ドロップキックをかましたい。――けど、実を言うと半分くらいは他の意図もあったりする。それはシンプルに、目の前の男への憧れだ。

あたしにはあのクラスで――同年代に比べて、人一倍、自立している自負があった。自分で稼いだお金でご飯食べてて、炊事洗濯掃除もこなしているあたしは、やれお小遣いが下がっただの、やれ親が最近外食に連れてってくれないだので一喜一憂してる――親ありきで生きてるお子ちゃまどもとは、格が違うんだって。

だからあたしが教室で偉そうにしてようがそれは持つべき者の当然の権利で、あたしにどうこう口だせる程の、対等な人生経験あるやつなんかいないと思っていた。

そんなあたしですら無力を痛感して心が折れ、世の中の不条理をただただ呪うしかできなかったあのヤミ金騒動を、同級生・風間南樹《かざまみなき》という男は揚々と突破してみせたのだ。

それはある意味、自分がいかに全然だったかわからされた瞬間でもあったというか——

格好《かっこ》いいって、こんなすごいやつにあたしもなりたいって。

真に強い人は、自分の力を人のために使える人だって、そうひしひしと感じたから。

「……なんか、立派だな。とても同年代とは思えないよ。あんな怖い体験したってのに。普通なら、二度とそんな世界には、首を突っ込みたくないって思うもんだろ」

「反対しないってことは、ついて来てくれるってことでいいんだよね？」

「そりゃ、綾香《あやか》の本気が伝わってきたからな。風間家は自主性を大いに重んじる方針だ。ま、危険な真似《まね》しようとしてたら、そん時は首根っこ掴《つか》んででも止めに入るがな」

「ん、ありがと。そん時はまぁお願い」

南樹の頼もしげな表情に安心感を覚えたあたしは、照れくさくもつい甘えてしまう。

——はっ。そう言えば南樹と一緒に私服で出かけるのって、何気に初かも。

特に他意はないけど、久しぶりにおしゃれしよっかなぁ……。特に他意はないけど。

○夜の街にはトラブルがつきもの

その日の夜。俺は予定通り、綾香と一緒に街の中心で一番の賑《にぎ》わいを見せる、滝《たき》ヶ《が》丘《おか》駅前へとやって来ていた。時刻は二十一時を回ったくらいだろうか。

この辺は、滝ヶ丘駅を挟んで南側に、主に若者を主軸としたお店がずらーっと並ぶモール街があり、一方で北側は、飲食店を中心とした飲み屋街と、雰囲気の異なるエリアが存在する。

ちなみに、北側の飲み屋街を更に奥の方に進めば、綺麗《きれい》なお姉ちゃんが沢山いる大人のお店が並んでいたりもするのだが――ま、今回は関係ないだろう。

「――で、ここまで来てからでなんだが、俺達の目的はパトロールで合ってたよな？」

「へ？　そうだけど？　どうしたの？」

「じゃあなんで、そんなめかし込んだ格好《かっこう》で来てんだよ。目立つことは避けるべきだろ」

呆《あき》れた目を向けると、綾香は「あっ!?」と今気付いたとばかりにハッとなった。

綾香は、ご自慢のスラッとした足を主張するようなダメージ系のデニムスカートに、腕やお腹《なか》周りが透けて見えるシースルートップスという服を着ていて、健全な男子ならすれ違えば思わず振り返って目で追ってしまいそうな、色気のあるセクシーな格好をしていた。

とてもじゃないが、パトロールを目的とした服装ではねぇよな。

「え、えっとさぁ。それはその……ほら、ちょっと前に奮発して買ったはいいけど、全然着る機会なくて、元取れてなくてもったいない的な、ね」

「ほら、と言われてもなぁ……」

ここにまでコスパを持ち出してくるとか、綾香《あやか》はほんと生粋の倹約思考だよな。

「それでさ……どうなのよ？ せっかくだから、感想、聞きたいんだけど……」

「はぁ、感想ねぇ。そうだな。そりゃモデルやってるって言われても違和感ないくらい美人な綾香に、似合わないわけがないだろ。とっても綺麗《きれい》で似合ってるよ」

軽く笑って、俺が素直に思ったことを口にすると、綾香はなぜか居心地が悪そうに前髪をクルクルと弄《いじ》りながら顔を背けて、

「そ、そう？ あ、あんがと……」

「なんでそんな動揺してんだよ？ 綾香ならこのくらい、言われ慣れてるだろうが」

「うっさい。よくわかんないけど、他の男共と違って、あんたにその手のこと言われると、なぜか胸がきゅっとなるってか、鳥肌がたつの！」

うぅぅと頬《ほお》を紅潮させ、身体《からだ》を守るように覆って恨みがましい視線。それってキモいってことだよな。生理的に本能が拒んでる的な——やめよう。これ以上の深掘りは死ぬ。

「さ、立ち話もほどほどにして、そろそろ、その夜回りパトロールとやらを始めてこうぜ」

「おけ。と、まって。その前に南樹《みなき》に見せたいものがあるの」

「ん、見せたいもの？」

「そ。——じゃーん。綾香《あやか》ガジェット・仮面チェンジャー」

綾香が肩にぶら下げたポーチから得意げな顔で取り出したのは、昔どこかの縁日で見かけたことがあるような、ヒーローを模したお面だった。

「か、仮面チェンジャー？　それに綾香ガジェットってのは……？」

「とりま、持ってみて」

「……これ、お面だよな。ようするに厄介事に首を突っ込む時は、身バレ防止にこれ着けて変装しようってことか？」

渡されたお面を値踏みするように見回す。樹脂製のそれは、いつ測ったのか、俺の顔にフィットするように作られていて、確かにこれなら一目で誰だかわかることはないだろう。

「それ、ただのお面ってわけじゃないから。こないだフリマに十円で売ってたお面をベースにしてんだけど、香水が散布できたり、ボイチェンだって搭載してある渾身《こんしん》の一作」

「へぇ。ボイチェンはまだ分かるけど、なんで匂いにまで拘《こだわ》ってるんだ？　やっぱその辺はギャルだからか？」

「は、なにそのきっしょい偏見？　いやさー、昔テレビかなんかでちらっと見聞きした話なんだけど、匂いが一番人間の記憶に残るんだって。一種のカモフラージュって感じでつけてみた」

すごいでしょと得意げにVサイン。

「はぇーそれは知らなかった」

説明を受けた俺は、綾香に感心を覚えながら改めてまじまじと見やる。

このレベルを思いつきとノリでぱぱーっと作ってしまえるのだから、改めて綾香の工作スキルがプロ級の腕前であることを思い知らされる。ってか、博士キャラのギャルだとか個性強すぎるだろ。

「すげぇな。これをしかるべき業者に持ってけば、二つ返事で多額の契約金がもらえるんじゃないかってくらいの代物だぞ」

「ふふーん。でしょでしょ。ま、ようするに、このお面を装着すれば身バレする心配なしの極みって話。綾香ガジェットは続々追加予定だから、乞うご期待ってね」

若返りにボイスチェンジャーだとか、いよいよ俺はどこぞの少年探偵かよ。

「どうでもいいが、身バレ防止のためとはいえヒーローの真似事《まねごと》かぁ。俺もう高校生だぞ」

「え、そう？　なんか格好《かっこ》よくない？　昼は学生、夜はヒーローってさ。それにヒーローやるのに年齢なんて関係ないでしょ」

いいこと言ったと言わんばかりに、満足そうにむふっと笑う綾香。大人びてて男子の趣味をどこか冷めた目で見てるわりには、ヒーローに憧れたり、工具買ってはしゃいだり存外少年嗜好《しこう》よりだったりするんだよな。否定肯定の基準がわかんねぇ。

「と、そういや見回りのルートって全然聞いてなかったな。この街に関しては引っ越してきて二ヶ月ちょいの俺より、土地勘のある綾香《あやか》のが断然詳しいだろ。先導は頼んだ」

本当は深夜でも営業している隠れた名店から、ちょっとしたいわくつきスポットまで、この街のことなら、ガイドとして雇っても損させないくらいには精通しているわけだが──これは、綾香がやりたいと言って始まったことだ。今は彼女の方針に委ねてみよう。

「あいやーそれがさー。仮面チェンジャー作んのに夢中で。そっちの方は来ればなるようになるって感じで、正直ノープランだったというか……にへへ」

頬《ほお》を掻《か》き、あどけなく笑ってごまかそうとする綾香。

「おいおいしっかりしてくれよ。パトロールしがいのあるルートねぇ……。──お、だったらこっからずっと真っ直《ます》ぐいったとこにある、ゲーセンを目指すなんてのはどうだ？」

「ゲーセン？　なんで？」

「どうにもあの店には、半グレ共が、未成年をターゲットにした脱法ドラッグの販売を行ってる噂《うわさ》があるらしい。実売は周囲にバレないように、プリ機の中で行われてるんだと」

「へぇー。あそこはたまにみんなで遊び行ったりしてたけど、そんな噂があるなんてちっとも知らなかった。びっくり。──ん、あれ？　なんでそんなこと南樹《みなき》が知ってんの？さっき、引っ越してきたばかりで、土地勘がないだとか言ってたよね？」

「あいやそれは……ほら、ＳＮＳで偶然そんな噂話を目にしただけだよ」

「ふぅーん。ま、いいし。今はそういうことにしといてあげる」

怪しいと半目で俺を見つつも、肩をすくめた綾香はそれ以上追及してはこなかった。

そんなこんなで、俺達の夜回りパトロールはスタートした。

目的のゲーセンまで、だいたい三十分といったところか。

「しっかし、こう意識して見回すと、もうすぐ二十二時だってのに、わりといるよな、見てくれで高校生だろってやつら。本人はもとより、親も心配したりとかしないのかねぇ？」

歩きながらに辺りを見回し、率直な感想をぼやく。

「それ、あたしらが偉そうに言えたことじゃないでしょ。家にいるのが億劫《おっくう》だったり、とにかく遊んで嫌な現実から目を背けたいって時は、きっと誰にでもあると思うし」

「経験者は語るってやつか」

「ま、まぁ……」

「言っとくが、風間《かざま》家の一員になった以上は、過度な夜遊びとかは禁止だからな。もし事情があって遅くなる場合は必ず連絡すること。普通に心配だしな」

やばっ、今のは少しおっさん臭すぎたか？　ウザがられていたらどうしよう？

「へぇ……。心配してくれるんだ？　ふぅーん」

にまにまとどことなく嬉《うれ》しそうな表情。こ、これはこれでなんか調子くるうんだが。

「当たり前だろ。っても、恋愛禁止だとか、遊びたい盛りの女子高生相手に、過剰な束縛をする気はねぇから安心しろ。家に呼ぶだとか、俺達の関係がバレるリスクのある行為をしなけりゃ、わりとその辺は寛容にするつもりだ」

「……別にいらないけどそんな配慮。彼氏、欲しいとか思ったことないし」

「は？　なんだその実は宇宙人なんですみたいな、嘘《うそ》になりきれてない嘘は？」

「……そんなこと言われてもさぁ、事実は事実なんだし」

恥ずかしげに頬《ほお》を赤くした綾香《あやか》は、視線を下げると、顔を背けて呟《つぶや》いた。

「仕方ないじゃん。確かに、あたしの周りは恋愛第一って感じな子ばっかだけどさぁ。あたし自身は今まで全く恋愛に興味わかなかったっていうか。なに、悪い？」

ムッといじけた様子で、綾香が俺を睨《にら》む。

「だから付き合うどころかデートすら、まだつーか……。男子と二人で遊んだ経験なんて、しいてあげるなら、あんたとぐらい……」

「ん？　だったら日頃、教室で上から目線で得意げに語ってるあれはなんなんだよ？」

「あ、あれはネットや漫画で得た知識をそれっぽく言ってるだけってか。ほら、あたしって自分でいうのもあれだけど、周りに比べて大人っぽい見た目してるでしょ。だからまぁ、イケてるギャル感だしてればまず疑われないってか。求められてる以上は応えるべきじゃん。女子って、恋愛経験の高さで格付け決まるとこあるし。下に見られたくないもん」

「もん——って言われても……」

「つーか、気まずい空気みたくなってるけど。あんただって、どうせデートなんかしたことないんでしょ？　そんなあんたに、お子ちゃまって思われる筋合いはないんですけど」

「へっ？　いや俺はその……俺のことは別にいいだろ」

「えっ、なにその反応………。ふぅーん、あるんだ」

綾香は目をぱちくりとさせて驚いた後、むすっとつまらなそうに頬《ほお》を膨らませた。

「ま、まぁな。睡蓮《すいれん》に来る前、ちょっと、な……」

自分から隠す仲でもないと言った手前、はぐらかすわけにはいかねぇよな？　ま、その相手が教卓を挟んでいつも顔を合わせている人だとは、流石《さすが》に口が裂けても言えんが。

「ふぅーん、そうなんだ。……なんか、むかつく」

「む、むかつくって……。恋愛に興味ないんじゃなかったのかよ？」

「それはそうなんだけど。なんか南樹《みなき》に負けてるのはそれはそれで腹立つ、つーか——あ、いいこと思いついた。ねぇ、今度パトロールの前にあたしとデートっぽいことしない？」

「はぁ………はぁっ!?」

「そうしたらあたしは、より説得力のある話ができるし、南樹も南樹で、この街に詳しくなれるわけでしょ。利害の一致、持ちつ持たれつってやつじゃん。よし、決定ね」

「決定って……」

別に俺はこれ以上、この街に詳しくなる必要ないんだが……。

「さぁて、記念すべき一発目はどこにしよっかなぁ。実は前々から行ってみたいとこ結構あったんだよね。ただ、デートスポットに一人で行くのは、なんか負けた気するじゃん。あ、お金は気にしなくていいし。言い出しっぺのあたしが出すから」

スマホを取り出して意気揚々と調べ始める綾香《あやか》。こりゃ、断る選択肢はなさそうだな。

そんなやり取りをしていると、あっという間に目的のゲーセンへと到着した。

ゲーセンに入った俺達は一旦店内を一通り回った後、件《くだん》の噂《うわさ》があるプリクラコーナーを重点的に見回っていく。

ゲーセンに来るのは、風間南樹《かざまみなき》としては何気に初めてだな。といっても、大和《やまと》時代もそんな頻繁に通っていたわけではなく、真央《まお》とのデートでたまに利用していたくらいだ。真央はのほほんとしてラブ&ピースみたいな印象とは裏腹に、ゾンビを撃つゲームが大好きなんだよな。よく真央に誘われてプレイしたが、真央が上手《うま》すぎて、ずっとキャリーされっぱなしだった。懐かしい。真央は、今の旦那ともそういうことをやっているのだろうか？

「――あ。見て南樹！」

昔を思い出しながら歩いていると、ふと綾香がなにかを発見したとばかりに指を差した。

「あれ、怪しくない？」

そこには中年のおっさんと学生服のギャルが、仲良く腕を組んで一緒に歩いていた。

「遊びに来たにしては、不自然な組み合わせだよね。ほら、南樹が噂で聞いた、半グレの売人と、その利用者なんじゃないの？」

「いやあれは、どちらかって言うとパパ活っぽくないか？」

「パパ活？」

怪訝《けげん》な顔でそう言うと、綾香は聞き慣れない言葉とばかりにきょとんと小首を傾《かし》げた。

おい待て、このピュアギャル。まさかパパ活も知らないのかよ!?

「なにそれ？　パパってことは、あの二人は親子とかそんな感じ？　確かに、そうじゃないとあんな年の差のありそうな二人が腕組んだりとかしないか。あたしは父親いたことないからよくわかんないけど、この年になっても、仲のいい親子はいたりするんだね。……なんか、ちょっとだけ羨ましいかも」

どこか寂しさを含んだ優しい目で、二人を眺める綾香。

絶対にそんな微笑《ほほえ》ましい光景じゃねぇぞあれは。これ、教えるべき、だよな……。

「いいか綾香。パパ活ってのはなぁ――」

ざっくりとパパ活とはどういうものか、順を追って説明する。

「……へっ？　――えっ？　は、はぁあああああっ!?」

綾香は、自分の知らない世界に目を丸くして唖然《あぜん》としながら、最後には耳の先まで真っ赤にして絶叫した。

「ってことはなに？　あの子、今から見知らぬおっさんと、その、え、えっちなことするかもしれないわけ？」

「まだそうと決まったわけじゃないけどな。最初に話した通り、単にお喋《しゃべ》りして遊ぶだけの健全なパターンだって実在するわけだし」

「おっさんからお金もらってる時点で健全なわけないでしょ。不健全！」

「確かに。悪い、これは俺の感覚が麻痺《まひ》してたかもな」

「……止めてくる」

「……へ？　お、おい綾香《あやか》。ちょ、待って――」

俺の抑制に耳を傾けることなく、綾香はズイズイと肩を怒らせて二人に迫っていく。

「ちょっと」

「はい？」「ん？――げっ、あんたまさか篠原《しのはら》綾香……」

困惑するおっさんの一方で、まるで化け物と出くわしたかのように、驚愕《きょうがく》して固まるパパ活ギャル。綾香は学校で見るような辛辣な形相で、威圧するように腕を組んでいる。

「へぇーあたしのこと知ってんだ。なら、話が早いか。ってか、その顔、あたしがいちいち説明しなくても、何で声掛けられたかわかってるってことだよね？」

「――ごめんなさい。ここがあんたのパパ活のナワバリだなんて知らなかったの」

「は……？」

「もうあんたのカモにちょっかいかけるとかしないから。ねっ。ごめん」

目を点にする綾香を余所《よそ》に、ギャルは何度も謝罪しながら、逃げるように去って行く。

わけがわからないまま一人残されたおっさんも、綾香が怒りの矛先をぶつけるようにギロリと睨《にら》むと、「ひぃ」と悲鳴を上げて血相を変えて逃げていった。

「なんというか、どんまい」

「な、なんであたしがパパ活の常習みたいに思われてんのよ！　あんな十以上も離れたようなおっさんと腕組んでゲーセンだとか、たとえ百万もらってもお断りだし。死ねっ」

不快感丸出しに、虫唾《むしず》が走ると心中をぶちまける綾香。目の前にいる男が実はアラサーのおっさんであり、バリバリの該当者だと知られたら俺、綾香に殺されるかもしれん。

「どうでもいいけどさぁ、なんであんな遊び感覚で、自分を安売りするような真似《まね》ができるんだろ。あたしにはほんと理解できない。同じ女性として、普通に軽蔑する」

至極冷めた目で、綾香はそう吐き捨てた。どんなに貧しくても、その一線だけは越えないと頑《かたく》なに誓っていた綾香だ。そんな彼女が、大人びて垢抜《あかぬ》けた容姿も相まって一番やってそうだと誤解されてるのには、ちょっと同情する。

その後も、張り込みを続けてみたが、これといって怪しい連中が現れることはなかった。

気がつけば、時刻は深夜零時を回ろうとしている。そろそろゲーセンが閉まる頃だ。

帰る前にふと小便がしたくなった俺は、綾香に先に入り口に行くように断りを入れて、お手洗いに向かった。

綾香《あやか》は物足りなさそうな顔をしていたが、俺達が補導されたらたまったもんじゃないからな。警察ってのは、本当に捕まえなきゃいけないやつらは平気で野放しにするくせに、ノルマがあるのか知らんが、小市民には鬼の敵とばかりにつけ回すから頭にきやがる。俺の人生経験上、あいつらは正義の味方ではなく、強いやつの味方。ほんと腐ってやがる。

などと、心の中でぼやきながら用を足し終えた俺は、綾香の待つお店の外に移動する。

すると――

「ねーいいじゃん。俺達と遊ぼうよー」

「ここもう閉店で遊び足りないでしょ。俺達が楽しいところに案内してやるって」

店先にあった自販機の傍《そば》で、なにやらガラの悪そうな男達に言い寄られていた。

「…………きえろ」

「おお。その冷たい感じも好みだわー」

綾香は鬱陶しいオーラ全開で拒絶してはいるものの、楽しげに笑う男達に、引く気配はない。早いとこ、助けてやるか。

「あ、南樹《みなき》」

綾香の傍に近づくと、俺を目にした綾香が口角を緩め、心なしかほっとした表情になった。そんな彼女の声に反応し、絡んでいた男達も一斉に俺を見やる。

「なんだお前？　もしかしてこの子の彼氏とか言わないよな？」

半笑い声で小馬鹿にし、自分達の方が立場が上であると知らしめるような、挑発的な態度。周りもつられて、ギャハハと下卑た笑いを浮かべる。そのあからさまにナヨっとした見かけで、敵じゃないと判断された反応にはイラッとさせられるが、相手は年下の格下だ。ムキになるだけ恥ずかしい。ここは大人の対応で、スマートにすませるとするか。

「んーどっちかっていうと兄かな」

「ぶはっ、なんだよそれ。けどお兄さんなら話が早い。妹さんがさ、俺達と遊ぶから先に帰っててくれだとよ」

「は？　あたしそんなこと一言も言ってねぇし！」

「だ、そうだ。悪いけど他を当たってくれ」

「いやいやつれないこと言わないでくれよー。実は俺達、狂武会《きょうぶかい》の人達と親しくってさー。あんまり雑に扱われすぎると、悲しくて呼んじゃうかも」

ニヤリと下卑た笑みを浮かべる。どうやらヤクザをバックにちらつかせ、俺達を黙らせて素直に従わせようという魂胆らしい。いかにも三流チンピラがやりそうなこった。

――狂武会。

それは、この街の裏社会を牛耳る反社会的勢力のことだ。こいつら単なるチンピラくずれとは格が違う、てめえの利益や面子《メンツ》が最優先で法や道徳などクソ食らえの無法者の集まり。当たり前だが、生きてる上で、一生無縁であって欲しい連中なのだが――

「へぇーそいつはすげぇじゃねぇか。是非そうしてくれよ」

「「「は？」」」

俺が嬉々《きき》とした顔で彼らの話に乗っかると、一変してチンピラ達の顔が強張《こわば》った。

「実は俺、最近その手のゲームにハマっててな。ほんまもんのヤクザってのに興味があるんだよ。なぁやっぱ銃とか持ってんのか？　龍《りゆう》の入れ墨とか入ってたりさぁ」

それは彼らにとって、よっぽど想定外の反応だったのだろう。

「おい、こいつ。やべぇやつなんじゃねぇか？」

狼狽《うろた》えた表情で、相談し始めるチンピラ達。

「どうした、早く呼べよ？　まさか狂武会《きようぶかい》と知り合いってのが嘘《うそ》だとは言わねぇよな？」

「うっ、それは……」

「なんだその反応？　嘘だってなら、勝手に狂武会の名を騙《かた》ったことが、彼らの耳に知れたらどうなるか、当然その覚悟があってやってんだよな。なぁ、どうなんだ？」

剣呑《けんのん》な顔で一歩踏み出すと、追い込むように語気を強くする。

「な、なんだよこいつ？」「なぁひょっとしてこいつ、実は親族が狂武会の関係者だったりするんじゃないのか？」「や、やべぇよ。それじゃ俺達ガチで殺されちまう」

勝手な憶測で勝手に焦り始めると、男達は青ざめた表情でこの場を去って行った。

「やっぱ単なるほら吹きか。せっかくその筋の人をお目にかかれると思ったのに。残念」

わざとらしく肩をすくめる。ったく、よりにもよって、ハッタリ勝負で俺に勝とうなんて百年早いというか、相手が悪かったな。

人生案外、見栄《みえ》とハッタリで乗り切れる。

嘘もそうだと押し通してしまえば、それはもう事実となんら大差ない。

大事なのはその嘘を貫き通す覚悟。

これは本条大和《ほんじようやまと》時代の俺が、社会に出て荒波に揉《も》まれる中で、根付いていった信条だ。

自慢じゃないが俺は、この信条を武器に口先と小手先で数々の修羅場を潜《くぐ》り抜《ぬ》けてきた。

できることなら、もっと若い内にその真理に辿《たど》りつきたかったものだが――幸か不幸か、風間南樹《かざまみなき》になった俺は奇《く》しくもその要望を体現している。この力で綾香《あやか》を汚い大人達の魔の手から救えたように、今の俺だからこそやれる何かがあるんじゃないかって、そう信じている。綾香の前ではつい小っ恥ずかしくて苦言を零《こぼ》したが、せめて風間南樹としている間は、ガキの頃憧れた正義の味方ってやつになるのも、悪くないんじゃないかってな。

「残念――じゃないでしょ。調子にのんない。つーか、今の連中がガチでヤクザと知り合いだったら、どうするつもりだったのよ？　本当にその、狂武会って人達が押し寄せてきたら、いくら南樹でもまずかったんじゃ……」

「心配すんな。あいつらはどうせ単なるチンピラだよ。噂《うわさ》の半グレ共とも、無関係のな」

「は？　なんでそんなのわかんのよ？」

「いいか。ここは噂《うわさ》通りなら、脱法ドラッグの密売所になってんだろ。そんな場所で派手に暴れて警察に目を付けられてみろ。警察だって体裁上それなりにパトロールを強化するだろうし、そうなったら商売あがったりだ。リスクに見合ってねぇよな」

「へ、へぇ……。あーもうほんと、南樹《みなき》ってば何者なわけよ。普通、そんな視点で考えたりとか絶対ないから。なんか探偵みたい」

「ははっ、探偵か。なんか格好《かっこ》いいな。ありがとよ」

「あんさぁ、別に褒めてるわけじゃないんだけど。ま、いいわ。なにはともあれ、南樹があたしを身体《からだ》張って守ってくれたのは事実なんだし……その、ありがと」

「お、おう。どういたしまして」

「けどさぁ。助けてもらっといてなんだけど、もっと他にやり方あったりしなかったの？　だってあれじゃ最終的にあたしら、ヤクザの関係者かなんかだと思われてたでしょ。めっちゃ複雑なんですけどー」

むすっと顔を顰《しか》め、綾香《あやか》が忌避感を露《あら》わにする。以前、借金のカタにヤミ金に売り飛ばされそうになった経験をしたこともあってか、綾香はそういった、人の弱味《よわみ》につけ込んで食い物にするような連中、特にヤクザみたいな人種が死ぬほど大嫌いだった。

「念のために聞くけど、ガチでその手の連中に繋《つな》がりがあるとか言わないよね？　助けてもらった手前、南樹の事情にはなるべく触れないようにしてきたけど——流石《さすが》にそうだとしたら看過できない」

「……もし、いるって言ったらどうすんだ？」

「たとえあんたと衝突することになろうが断ちきらせる。そんな社会のゴミクズみたいな連中と関わったら、絶対ろくなことにならないから。これだけは南樹でも許せない」

少し肩を震わせながらも、綾香はここは譲らないと凛然《りんぜん》とした眼差《まなざ》しで強く言い切った。

「心配しなくても、お前の兄貴には俗に言う黒い交際なんてものはねぇよ」

「そ。信じるからね。裏切るとか、絶対にナシだし」

「おう」

「にしても、今日一通り回ってあった収穫といえば、遊びでパパ活やってたゴミと、ナンパしてきたゴミだけかぁ。なんだかなぁって感じ」

「おいおい。どんな期待してたのか知らねぇけど、不幸なやつがいないなら、それにこしたことはないんじゃねぇか。平和が一番だろ？」

面白くなさそうな顔をしている綾香に、呆《あき》れて肩をすくめる。

「それはそうなんだけどさー。でも、あたしが思うに、いなかった——じゃなく、見つけられなかっただけな気がしてならないんだよね。だってあたし自身、南樹に出会うまでずっと一人で、どうしようもない悩みを抱えて生きてたから、さ……」

綾香《あやか》がしんみりとした顔で遠くを見つめる。早急に成果を求めるのは、若いやつにありがちなことだ。先走りすぎて落とし穴にはまらないように、俺が見張っとかないとな。

「ま、やれるだけのことはやってみる――で、いいんじゃないか。これからも俺でよければ、気の済むまで付き合ってやるからさ」

「南樹《みなき》……。――ありがと！」

にひひと無邪気に笑う綾香が、俺の腕に自分の腕を絡めてぎゅっと身体《からだ》を寄せた。

「お、おい。急にどうしたんだよ!?」

ふにゅんと柔らかな感触に甘い匂いが――って駄目だ駄目だ。意識するなよ風間《かざま》南樹。

綾香はそういう目で見られるのが死ぬほど嫌いなんだから。心頭滅却！

「んーなんだろ。なんかこうしたい気分になったたっつーか。最近さぁ、南樹といることが以前よりずっと楽しく感じるんだよね。やっぱクラスのやつら見る目ないわ」

「はは、冗談でもそう言ってくれると嬉《うれ》しいよ」

「むー別に冗談じゃないんだけど。南樹といると、あたしが知らなかったことが学べて、世界が広がってく感じで退屈しないってか。……ああ、でも」

「ん？」

「これ以上、えっちなこと教えられるのはナシだとありがたいかも……」

「いや、別に俺が故意に教えてるわけじゃねぇからな！」

○二人組をつくろう！

あれから二、三日に一回のペースで、俺達の夜回りパトロールは行われていた。

パトロールそのものには特筆すべき成果はなかった。ただ、その前に綾香に連れられて行った、流行《はや》りの場所やデートスポットでは、綾香が、学校では見せないような無邪気な笑顔を見せて楽しそうにしていたので、俺としては有意義な時間が過ごせたと思っている。

本題とかけ離れてはいるが、学校生活に不満を抱えてるあいつの、いいガス抜きになれてるなら、それはそれで兄としては本望だからな。

とまぁ日常生活に充足感を覚える中、一方の難題である学校生活はというと——目下、大事件が起こっていた。

それは、週が明けた月曜日。六限目の出来事。

授業の科目は総合学習——いや、令和の時代ではこの時間のことを探究と呼ぶらしい。

こうして新しいことを学ぶ機会を得たのは、ある意味、二周目における役得かもな。

探究では、生徒自身が地域の産業や文化に流行などの題材から自らテーマや課題を設定し、その目標に対して仲間と共に試行錯誤してレポートを纏《まと》め、最後にはクラス内で発表を行うとのことだった。

つまりこの授業は、前提として誰かと一緒に協力して進めていくことになるのだが――

「――はい、それじゃあみなさん、好きに二人組を作ってください」

手をぱんと叩《たた》き、真央《まお》がほんわかとした表情で残酷な宣言をした。

その瞬間、俺の全身に戦慄が走って、手に汗を覚える。戦いの時が来たのだ。

ちなみにこれまでの探究は、オリエンテーションがメインだった。ここから本格的な内容に入っていくということなのだろう。ま、大人の視点で考えるに、ある程度クラス内の交友関係が構築されるまで待ったという部分も、少なからずありそうだが。

なにはともあれ、これはクラスの誰かと仲良くなれる大チャンスだ。ここでうまくやれば、そこから彼の所属するグループに紹介してもらい――なんて、頓挫しかけていた楽しい学校生活が復活するかもしれない。まさにターニングポイント。行くぞ俺！

が、そんな希望に焦がれる反面、脳裏をよぎる一抹の不安があった。

なんとこのクラス、男子十九名、女子十九名の計三十八人で構成されているのである。そう、つまり順当に同性同士でペアを組んでいけば、各一名ずつ余りが出るってわけだ。

真央の合図を受け、ガラガラと席を立ち、思い思いの相手のところに移動するクラスメイト達。和気藹々《わきあいあい》とした空気の中、瞬く間に仲いいもの同士でペアができていく。

俺はというと、まずは一旦様子見でクラスの動向を静観していた。こういう時、俺の無駄にある人生の経験上、普段三人で連《つる》んでるグループからはあぶれ者がでやすい。そこが狙いだ。流れを見極め、自然とペアを組めそうなやつを見定めるところからってな。

と、俺が見物に徹する中、前方の綾香《あやか》の席に、ふと深見《ふかみ》がやってきた。

「篠原《しのはら》さ、よかったら俺と組まないか？」

「は？　……まぁ、別にかまわないけど……」

「じゃ、決まりってことで」

嫌そうに言葉を濁す綾香を前に、深見は爽やかスマイルでゴリ押していく。明らかに乗り気じゃない相手に、よくそこまでグイグイ通せるよな。純粋に尊敬する。

だがでかしたぞ深見。これで男女ともに偶数。つまり俺は、男子と組んであわよくば友達を作ることが——

「あの、星野《ほしの》君、よければその——わたしとペアになりませんか？」

「ああ、いいぜ。よろしくな」

桜宮《さくらみや》さんの誘いに、星野が笑顔で即答した。う、嘘《うそ》だろおい……。

クラスのマドンナ的存在だった桜宮が自分から進んで星野を誘いにいったことで、秘めた憧れを寄せていたのであろう男子達が、唖然《あぜん》となっていた。かくいう星野の方も野球部のエースとして女子人気が高く、はやし立てる声がある一方で、ショックを隠せない様子の女子もちらほら。その片隅で俺も、別の意味で泣いていた。

そうして——

「よ、よろしくな亜門《あもん》」

「……よろしく」

見事に残り物になった俺は、女子側のぼっち——亜門静代《しずよ》とペアを組むことになった。

おさげで、牛乳瓶の底のような眼鏡をかけた彼女は、平成の高校時代にも、ここまで絵に描いて垢抜《あかぬ》けてない子はいなかったぞというような、ザ・真面目系の見た目をしている。

俺の知る限りだと、亜門がクラスで、誰かと仲良く喋《しゃべ》っている姿を見かけたことはない。

ペア決めが終わると、次はペアで話し合ってテーマを決めることになり、クラスの皆がペア同士で机を移動してくっつけた。俺も、ペアである亜門と席をくっつける。

言わずもがな、男女でのペアは俺達を除けば、美男美女で構成された一軍のキラキラチームだけだ。そうなるとそのビジュアルの差に、自然と妙な注目が集まるわけで——

「くくっ、見ろよあの二人、マジベストカップル」「ははっ、止《や》めとけって。聞こえてたらどうするんだよ」

竹山《たけやま》を筆頭に、薄笑いと冷やかしの混ざったような視線がチラチラと俺達に向けられる。

この前の仕返しなのだろうが、せめて本人に聞こえないような所で喋って欲しいもんだ。

「なんか、申し訳ないな。俺とペアになったせいで……」

「別に。こういうの、慣れてるから……」

のっぺりとした表情で、淡々とした口調。いやいや慣れていいことじゃないだろ。

「そ、そうか？　――さっそくだけどさ、俺達のテーマを決めてこうぜ。亜門《あもん》は何かやりたいテーマとかあったりするのか？　あるなら合わせるぞ」

「いいえ。特にこれといったものはないから。だから風間《かざま》君のやりたいことでいい」

「お、おう、わかった。ありがと」

この無駄にある人生経験を活かして、亜門のやりたいことを全力でバックアップする方向でいいと思ったが――ま、本人が興味なさそうな以上、無理強《い》いもよくないか。

にしても、俺がやりたいことねぇ。地域の産業や文化に流行を調べろと言われても、本《ほん》条大和《じょうやまと》時代の職業柄、この辺りについてならもう大概のことは知ってるんだよなぁ……。

せっかくの機会だし普通に身になることが――あ、これなんかいいんじゃないか。

「なぁ、この近辺での未成年による非行や犯罪、及びその動機と傾向とか、どうだ？」

「未成年による非行や犯罪、及びその動機と傾向？」

「あぁ。ここいらで起こってる、未成年による非行や犯罪には、どういったものが多いのかを調査し、統計をとるって感じだ。若者が道を踏み外す時、そこにどういった理由や背景があるのか？　そもそも犯罪を犯罪だとちゃんと認識しているのか。それらを纏《まと》めあげて、最後は警鐘を鳴らす感じにもっていけたら、流れとしては完璧じゃないか？」

これを選んだのは、もちろん綾香《あやか》の目的に繋《つな》がると思ったからだ。

以前、綾香がサバゲー用だと信じ込んで依頼を請け負っていた改造ガンの作製が、実は闇バイトの強盗グループの武器として使われていたように。知らない間に、自分が犯罪に荷担していて抜け出せなくなるというケースは、多々あったりするからな。パトロールとはまた別のアプローチで、困っている若者に辿《たど》り着けたりするかもしれない。

「……それが風間君のやりたいこと？　中々に奇妙なところをつくね」

　俺の説明を静かに聞き終えた亜門が、小難しい顔でそう言った。

「そ、そうか？　ほら、せっかくやるならこういうグレーな話のが、面白そうだろ」

「安心して、今のは批判ではなく褒め言葉。それにしても、若者が道を踏み外す時そこにどういった理由や背景があるのか……ね。……私が思うに、仕方なかったとか？」

「は？　仕方なかった？」

「そう。世の中には正しいことだけではどうにもできない事情があって、その人には規律や倫理観よりも、優先したいものがあった。根っからの悪人なんてそうそういないと思う」

「な、なるほど……そういう考え方もあるんだな」

　非行側に共感するなんて、なんか意外だな。真面目で堅そうな亜門のことだから、てっきり道を踏み外す連中の気持ちなんて、到底理解できないタイプだと思っていた。真面目に生きてる人間が、割をくうのは許せない的な感じで。

「……いいよ。風間君にお任せしたのは私だから、私の方からは特に異論はない。このテーマでいこ」

「おし、決まりだな。これからよろしく」

こうして俺達の探究のテーマは「未成年による非行や犯罪、及びその動機と傾向」に決定した。亜門《あもん》は少しとっつきにくい印象はあるけど、根っからの堅物ってわけでもないみてぇだし、なんとかうまくやってはいけそうだ。

別に同性に拘《こだわ》る必要はないんだ。このまま探究を通して仲良くなってあわよくば念願の初友に——いや、変に前のめりだと、下心があるといらぬ誤解や警戒を与えそうだし、ここは慎重にいくべきか？

「………………」

そうこう考えていると、何やら亜門がじっと俺の顔を見つめていることに気付いた。

「ん？　どうしたんだ亜門？」

「なんだか風間《かざま》君は、変わってるなって」

「よ、よく言われるよ……」

真顔での辛口なコメントに、思わず顔を苦くする。そりゃあ、俺とみんなでは歳《とし》の差が一回り近くあんだ。これで同じな方が逆にまずいだろ？

「気を悪くしないで。これはその、いい意味で、だから」

「いい意味で？」

「うん。普通なら私みたいなハズレと強制的にペアにされたら、多少はふてくされると思う。でも風間君は、寧《むし》ろ率先して話を進めてくれて、助かった」

「は？　ハズレ？　いやいや俺は亜門をハズレだとかそんなこと一ミリも思ってないからな。そりゃあ、男子とペアになれなかったことにはちょっとがっかりしたけどさ。今度こそ友達作って脱ぼっちのチャンスだって、ちょっと期待してたってか」

「そう、なの？」

「だいたい亜門でハズレなら、俺は大大大ハズレもいいとこだろ。寧ろ俺が謝るべきか」

「……ふふっ。ほら、風間君ってやっぱ変わってる」

わざとらしく思案顔を作ると、亜門はどこか楽しそうに、うっすらと口許《くちもと》を綻ばせた。

この空気、やっぱもう少し歩みよってもいいんじゃないだろうか？　――よし！

「なぁ亜門、話は変わるんだけどさ」

「なに？」

「亜門って漫画だったら、どんな物を読んだりする？　俺、ぼっちで暇してること多いから、何かオススメあったら教えてくれるとありがたいなぁなんて」

これは俺が前々から考えていた、会話デッキの一つだ。この日本に生まれて、漫画に一切触れてこないやつなどまずいない。誰だって、自分の好きな話題ができるのは嬉《うれ》しいよな。俺自身、カードの話題を振られるとつい気分よくて語りがちになっちゃうし。

「ごめんなさい。実は私、漫画とかそこまで読まないの」

申し訳なさそうに眉を顰《ひそ》める。嘘《うそ》だろ。漫画を読まない若者とか実在するのかよ⁉

「そ、そうなのか……」

「逆に風間《かざま》君は、オススメできる漫画とかあったりする？　……その、あんまり漫画読まないし、いい機会だから、触れてみたいかも」

「へ？　俺？」

まずい、そのパターンは考えてもみなかった。──いやまてよ。興味を持って聞いてくれているなら、ここは俺のペースに持ってくチャンスじゃないか？

「……そうだな。『白銀のアッシュ・ベル』なんかどうだ？」

「それ、なんだか名前だけは聞いたことある気がする」

「そりゃ二〇〇〇年代を代表する名作の一つだからな。アニメ化もしてるし、今の二十代後半から三十代で、この名作を見たことないってやつの方が珍しいくらいだろうよ。最近、続編が始まって、それも世代層を中心に大ヒットしてるって話だ」

「へぇ。詳しいのね」

そりゃもう毎週雑誌での連載を待ちわびていた直撃世代だからな。もちろん続編も買っている。高校生に戻ってわかったのは、アラサーの俺にとっては一般教養並みに当たり前なことが、綾香《あやか》達十代には当たり前ではなくなっているということだ。だからこそ、こういう今の世代にも全然通用する面白いが確約された作品の紹介は、このクラスでは俺にしかできない、絶好の話題提供になるってわけだ。

「確か今ちょうどアプリで全巻無料配信をしていたはずだ。そのアプリを教えるよ」

スマホを取り出してアプリを教える。今は授業中だが、テーマを決めるのにスマホで調べることが許可されているので、堂々としていれば指摘されることはないだろう。

この手の古い作品ってのは、期間限定で全巻無料とかたまにやっていたりするから、オススメする時は非常に助かる。昔は重たい思いをしながら家から漫画を持ってきて貸しあうのが普通だったが、いい時代になったもんだ。

「ありがとう。読んでみるね」

「あぁ。是非読んだら感想、聞かせてくれよな」

「ええ、絶対。約束する」

アプリをインストールし終えた亜門《あもん》が、うっすらと微笑《ほほえ》みを浮かべた。

これ間違いなくグッドコミュニケーションだよな？　うまいこと会話できたよな？

と、内心で胸を弾ませていると、綾香がじーっとこちらを見ていることに気付く。

「……………ふん」

頬杖《ほおづえ》をつき、鋭い目つきで何やら不満げに口を尖《とが》らせていた綾香は、俺と目が合うと、ぷいっとそっぽを向いた。

なんだったんだ、今のは？

○結局トラブルってのは予期せぬ方向でやってくる

水曜。深夜零時を回った夜の街。いつもなら撤収間際となるこの時間から、本日のパトロールは始まろうとしていた。

何度かパトロールをやってもそれらしき人物とは巡りあわなかった結果、「周囲のお店が完全に閉店して静まり返った深夜帯の方がそういう人と遭遇するのでは?」という話がこの前の最後に持ちあがり、次はお試しにと挑戦してみることになっていたのである。

ま、平日のこんな時間にうろついてる学生なんか、十中八九ワケあり人間でしかねぇ。

かくいう俺達も、青少年育成条例的に補導されかねない立場ではあるのだが、虎穴に入らずんば虎子を得ずってやつだ。綺麗事《きれいごと》やルールに縛られていては助けられない世界がある。

綾香《あやか》がいう、きっと俺達だからこそ助けられる何かがあると信じて、今は進もうと思う。

「さ、いつもとは状況が違うが、今日もパトロール張りきっていこうぜ」

「……はぁ」

「おいおい、やる気なさそうにしてどうしたんだよ? あ、ひょっとして眠いのか?」

「違うし。逆にあんたの方は、元気そうでなによりですね。ま、あんなかわいい子とお近づきになれたら、そりゃテンションあがりますよねー」

「は、かわいい子とお近づき……？　それってまさか、亜門《あもん》のことだったりしねぇよな？」

「……それ以外に、誰がいるっていうのよ」

肯定するかのように、綾香が白い視線を飛ばす。

探究の授業でペアを組んでから二日。あの日から亜門とは、挨拶を交わす仲になってい た。亜門は俺が勧めた漫画をちゃんと読んでくれているようで、「こんな面白い漫画を教えてくれてありがとう」と言われた時は、もう舞い上がってニヤケを抑えるのに苦戦したというか――これは俺の高校生活において、大きな変化が生まれたと言っても過言ではない。やっぱ人生、前向きに生きてなんぼってな！

「先に言っとくけど、あ、あたしのこともあるんだしさ。亜門と付き合うってのはナシだかんね。クラスの女子と同居してるやつが、別のクラスメイトと付き合うとか、そんなの、絶対に面倒なことになるからよくない」

口を尖《とが》らせ不満いっぱいな顔で、胸に手を当て、前のめりになって抗議する綾香。

「ちょっと待て。話が飛躍しすぎてないか。なんで付き合うどうこうって話になるんだ？」

「……今更、しらばっくれないでいいし。好きなんでしょ亜門のこと？」

「……は？　まてまて、いつ俺がそんなこと言ったんだよ？」

「言われなくてもなんとなくわかるし。だってここ数日の晩ご飯中の会話と言ったら、亜門とどれだけ会話できたーとか、そんなんばっかだったじゃん」

「あ、あー、言われてみればそうだったかも」

綾香《あやか》と晩飯を一緒に食べる時は、基本的に今日一日のできごとを中心に話すことが多かった。それがずっと孤独だった綾香の憧れる、家族の団欒《だんらん》の在り方だと思ったから。

確かに思い返せば、ここ数日の俺からの話題といったら、亜門《あもん》中心だった気がする。いやまぁ、やっと理想への一歩を切り拓《ひら》けたと思ったら、純粋に嬉《うれ》しくてな。

「南樹《みなき》ってば、ああいうお淑《しと》やかで、清楚《せいそ》な女の子がタイプなんでしょ。誤魔化《ごまか》そうとしても無駄だし。あんたが姫南乃《ひなの》のこと気になるって言ってたって話、噂《うわさ》で聞いて知ってんだから」

眉をハの字に曲げ、面白くなさそうに睨《にら》み付《つ》ける。くっそ、竹山《たけやま》のやつだな。

「あれはだな。場を白けさせないために適当、言っただけだ。ほら、クラスで一番男子の人気が高い桜宮《さくらみや》出しときゃ納得感あるだろ。マジで気になってるって、わけじゃねぇよ」

「本当にそうなんですかねー。あたしに無関心だしー。黒髪でお淑やかな子がタイプってなら、全部合点がいくんですけどー」

綾香が拗《す》ねたように頰《ほお》を膨らませる。

「はぁ……。どっからつっこめばいいのか。にしても亜門のことを清楚系って……」

頭痛を覚えて頭を押さえる。確かに男が清楚系に求める要素とは、遊んでなさそうな男慣れしてない純粋無垢《むく》さだ。それをふまえると、本人には悪いが、亜門はある意味では真の清楚系ではあるのかもな。

「なんか妙な誤解されてるみたいだから一応、言っとくが、別に俺、綾香を異性として一切意識してないわけじゃねぇからな」

「へ？　そう、なの？」

「当たり前だろ。綾香みたいなスタイルのいい美人と一緒に暮らしていて、何も思わないわけがねぇだろ。俺なりに努力してるんだから、言わせんな」

「ふ、ふぅーん。そうなんだ………。なんかさぁここ、あっつくない？」

焦った顔で、服をパタパタとわざとらしく扇《あお》ぎ始める綾香。

「うん、やっぱあっつい。ってことでのど渇いたから、コンビニで飲み物買ってくる」

「お、おい……」

決して目を合わせようとしないまま、恥ずかしそうに頬を赤く染めた綾香は、早口気味に言葉を放つと、目に留まったコンビニめがけてスタスタと歩いて行った。

以前一緒にスーパーへ買い物に出かけた時、「コンビニは基本割高だから利用はさけるべき。特にその筆頭が飲み物でスーパーだと二本買える」だとか力説していたくせに、あんな丸わかりな嘘《うそ》をつくとか。そこまでキモかったってことかよ？　……つれぇ。

心に痛恨のダメージを覚えながら、俺も彼女の後を追ってコンビニへと足を運ぶ。

夜遅いのもあってか店内に客は俺達以外には見当たらず、店員もレジを外して別の作業をしているようだった。

コンビニに入ると、なぜだかデザートコーナーで綾香《あやか》を発見したのでそのままと向かう。

と、そのすぐ傍《そば》の陳列棚では、店員のおばちゃんが品出しをしていた。

「飲み物を買うって話じゃなかったのかよ?」

「だってさぁ、目の前でこんなの貼られたら、やっぱちょっとは考えちゃうでしょ」

綾香が複雑な顔で指を差したのは、割引きシールの貼られたプリンだった。

状況から察するに、品出しのタイミングで、期限間近の商品に値引き処理をしたってところだろうか。それでお得という言葉が大好きな綾香の目に見事に留まったと。そういや、プリンは綾香の好物の一つだったな。ちなみに一番はステーキらしい。ちょっと意外だ。

「五十円引きはでかいけど……。それでも三百円かぁ。プッチンだと三個パックのやつ買ってもお釣りが……。でもでも至福の二層仕立て、めちゃ美味《うま》そう」

顎に手を当て、真剣な顔で「むむぅ」と懊悩《おうのう》する綾香。なんつう葛藤だよ。

「ようし。んじゃここはお兄ちゃんが買ってやろうか、なんて」

「へっ、いいの!?」

綾香は、嬉《うれ》しそうにぱあっと晴れやかな顔で振り返った。

「くははっ。綾香って、周りに比べてすっごい大人びた価値観持ってるわりに、こういうところは、わりと子供っぽい反応するよな」

「……南樹《みなき》ってさ、たまにあたしのこと妙に子供扱いするよね。同い年なのに」

「そ、そうか？」

「そうだし。言っとくけど、あたしはこれでも、睡蓮《すいれん》学園だと経験豊富な大人の女性として周りから尊敬の目を受けてんだから――」

「――おや、あんたらは睡蓮の学生さんなの？」

「へっ？」

すぐ傍で品出しをしていたコンビニの店員のおばちゃんが、急に話しかけてきた。

「え、えっと……」

不意打ちをくらった俺は言葉を詰まらせてしまう。

時刻はとっくに二十二時を回っている。俺達が高校生だと知って声を掛けてきたってことは、ようは高校生だけでうろつく時間じゃないとかそんな話だよな？　下手に反感買ってお巡《まわ》りを呼ばれるのだけは勘弁だ。ここは適当に誤魔化《ごまか》そう。

「そうだけど、なんか文句あるわけ？　そりゃ高校生が出歩く時間はとっくに過ぎてるかもしんないけど。買う物ちゃんと買うんだから、別に少しは見逃してくれてもよくね？」

驚かされたことに苛立《いらだ》ったのか、俺が行動を起こす前に、綾香が気にくわないと眉を吊《つ》り上《あ》げて、見事にマイナス百点満点の対応をしてしまった。

「あぁ違う違う、別に深夜徘徊《はいかい》がどうとか説教したくて声をかけたんじゃないの」

変な誤解させてすまないねと、おばちゃんが手振りを添えて苦笑いする。

「ただね、もし睡蓮《すいれん》の生徒さんなら、ちょーっと見てもらいたいものがあって……だからね、お願いだけど少しおばちゃんにお時間もらえない？」

「は、はぁ？　見てもらいたいもの、ですか……？」

睡蓮学園といえば偏差値が低く、この辺りじゃ問題児も多いことで有名な高校だ。その睡蓮の生徒だからこそのお願いなど、ろくなことでない気がしてならない。

「そうそう。今からうちの監視カメラの映像の一部をプリントして持ってくるから、映ってる人の顔に、見覚えがあるか確認してもらいたいの」

「えーと。ようするに、万引き犯に見覚えがあるか見てほしいとかそんな感じですか？」

「万引き犯というわけじゃないんだけど、とにかく見てもらえるとおばちゃん嬉《うれ》しいなぁ」

なんだこの歯切れの悪い意味深な感じ？　気になるな。

まぁでもそういうことなら――

「わかりました」

「ありがとう。助かるわ」

「ただ、せっかくなら画像ではなく、監視カメラの映像を直接、見せてもらうことって、できたりしませんかね？」

そこに俺達に見せたい何かがあるというのなら、全容が見えた方がいいはず。それに一部を切り取った偏向報道を見せられることだって、念のため視野に入れた方がいいからな。

「カメラの映像を直接かい？　うーん、どうしたもんかねぇ」

顎に手を当て、おばちゃんは難色を示した。だったら、ここは仕掛けてみるか。

「実は俺達、睡蓮学園で風紀委員やってまして。最近、街でうちの学生の夜遊びが盛んだという目撃情報を受け、こうして秘密裏に巡回を行っていたところだったんです」

「そ、そうだったのかい？」

「はい。ですので、実はそちらからこの話が聞けたことは、願ったり叶《かな》ったりだったといいますか。是非協力してはもらえないでしょうか？」

「な、なるほど……。遅くまでご苦労さんだねぇ。ちなみにそっちの子も風紀委員なの？」

「なに。金髪が風紀委員やっちゃダメって法律でもあるわけ？」

偏見は不服とばかりに綾香《あやか》が冷たい顔でそう言った。なんでお前は常に喧嘩《けんか》ごしなんだ。

「ごめんごめん。珍しくてつい。ま、でもそういうことならうちは全然オッケーよ」

「ご協力感謝します」

おばちゃんは陽気に笑って手招きすると、一足先にバックヤードへと入っていった。

「……ねぇ南樹《みなき》」

「なんだ？」

「あたしらいつの間に風紀委員会に入ったわけ？」

「さぁな。ま、でもこれでスムーズに話を通せたんだし、よかっただろ」

俺が得意げに笑うと、綾香《あやか》はどこか楽しそうに肩をすくめた。

俺達もおばちゃんの後を追って、バックヤードに入らせてもらう。移動しながら話を聞いたところ、どうやらおばちゃんはここのコンビニのオーナーらしい。

パソコンの置いてある机の前に案内された俺達が、横並びになって座ったのを見計らうと、おばちゃんは説明を始めた。

「ついこの間のできごとなんだけどね。夜遅くにいかにもキャバ嬢って感じの派手な服着た女の子と、その送迎係っぽそうなガラの悪いスーツの男が二人で入ってきてね。そんでその女の子がレジする際、『ポイントカードはありませんか？』と尋ねたら、彼女ってば疲れていたのか、カードと間違えて学生証を渡そうとしてきて」

「その学生証にうちの学校——つまり睡蓮《すいれん》学園の名前が書いてあったってことですか？」

「そうそう。おばちゃんが驚いてる間に、すぐ気付いて慌てて引き下げちゃったんだけど。あの狼狽《うろた》えようは、疚《やま》しいことがあると言っているようなものだったよ」

「ようするにその女の子って、あたしらと同じ高校生なのに夜のお店で働いてるってこと？　それってダメなんじゃないの？」

「ま、それが本当なら歴《れっき》とした違法行為だな。大方、建前上は大学生にでもなってるとかそんなところだろ。そのお店が、やっちゃいけないことをしているのだけは確実だ」

「そうよねぇ、やっぱり辞めさせるべきよねぇ。おばちゃんにも同じくらいの歳《とし》の娘がいるから、なんだか放ってはおけなくて。親御さんはきっとこの事実を知らないだろうから」

もし自分がその立場だったらぞっとすると、おばちゃんは心配そうな顔になる。

高校生が、年齢を誤魔化《ごまか》して夜の店で働いていることが公になれば、下手すりゃ退学ものだ。場合によっては親にまで影響が及ぶ可能性もある。リスクの大きさを理解せずに、小遣い稼ぎ程度の心持ちで働いているとすれば、今すぐ辞めさせるにこしたことはない。

「引っかかるのは、そのお店が、彼女が高校生であるのを知った上で雇っているかだな。もし確信犯なら、その子がかなり危険な状態であるのは間違いない」

高校生ってのは、よくも悪くも善悪の分別が付きにくいお年頃だ。そこにつけ込む心根の腐った汚い大人はごまんといる。悲しいことに、俺はそんな連中によって、人生を狂わされた若者を沢山見てきた。まだ間に合うのなら、救ってやりたい。

「それで俺達はその子の顔を映像で見て覚えた後、大事になる前に学校で会って内々で説得すればいいってわけか。っても全校生徒の中から探すってなると、結構骨が折れるな」

「んふっ、その心配はないんじゃない。その子ってば、これまたアイドルになれそうなくらいのえらい美人さんだったから、すぐ見つかると思うわ」

「ふぅーん。うちの学校にいる、アイドル並の女の子ねぇ。――ま、ひとまず見てみよ」

「それじゃ、お願いするね」

おばちゃんがパソコンを操作して、再生が始まった。

俺達が見ることになった映像は、入り口手前のレジを前面に、入り口からトイレまでが幅広く見渡せるように配置されたカメラのものだった。

ほどなくして、件《くだん》の客と思われる、男女二人組が来店した。

「あ、この人達っぽくない？」

綾香《あやか》が画面を差した指につられ、そのお水っぽいドレス姿の少女の顔を目にした俺は、その瞬間、口を半開きにして絶句した。

「……えっ？」

知っている。

それどころか俺は、この画面の中の少女と会ったことがある。

だけどもそれは睡蓮《すいれん》学園で——ではなかった。

何故《なぜ》ならその高校生でキャバ嬢をやっている少女というのは、俺が本条大和《ほんじょうやまと》時代にこの前まで通っていた、キャバクラのキャバ嬢だったのだから。

彼女の名はがーねっと。

本人は確かに大学生だと言っていたはず。それと言うまでもないが、このがーねっとという名はお店での名前、いわゆる源氏名である。

う、嘘《うそ》だろおい。がーねっとって高校生だったのかよ!? それも睡蓮の生徒だとぉ!?

彼女があの店で働き始めたのは、確か去年の十二月あたりだ。推定でも十五～十七の少女に、俺はなんの違和感も持たなかったってのかよ……。

嫌な汗が背筋をつぅっと流れ落ちていく感覚。頭が真っ白というか、思考が現実にちっとも追いつかない。

まさか風間南樹《かざまみなき》ではなく、本条大和の知り合いが出てくるとは思ってもみなかった。

俺が唖然《あぜん》となっている中、映像の中のがーねっとは、男の方がトイレに向かったのを余《よ》所《そ》に、おにぎりとお茶を手にレジへ向かった。

俺の知る限り、がーねっとは普通にいい子だ。ちょっとおバカであざとい一面もあったりするが、愛想がよくて聞き上手で、どんなお客さんの話も真剣に聞いてくれることに定評があった。

「なんでこいつが……」

何かやむを得ないような、複雑な事情があったりするのだろうか？　だとしても、彼女がやっていることは歴《れっき》とした違法行為だ。可能なら足を洗わせたい。

ふと俺は綾香の様子が気になって、ちらりと一瞥《いちべつ》した。

綾香は顎に手を当て、何やら複雑な表情をして俯《うつむ》いている。俺なんかより断然交友範囲が広いだろうし、既に見当がついているかもしれない。

「なぁ、ひょっとして、心当たりがあるのか？」

「んーん。今んとこそこまでは」

綾香《あやか》は静かに頭を振った。

「正直、衝撃がデカすぎて、うまく頭が回ってないってのが本音。……ねぇ、前のパパ活の子もそうだけどさ、なんでみんな、こういうことに軽々と手をだしちゃうのよ」

性に人一倍不快感を持つ綾香が、理解に苦しむとばかりに顔を俯《うつむ》ける。こういう時、男である以上、なんて声をかけていいのかわからないのが、もどかしい。

その後、駐車場側のカメラでがーねっとが乗ってきた車の車種とナンバーを確認した後、念のために幾つかの映像を写真で撮ると、俺達はプリンを購入し、店員のおばちゃんにやれるだけのことはやってみると約束して、コンビニの外に出た。

「……予期せぬ形でパトロールの成果がでちまったわけだが、これからどうする？」

「どうするって、あんなの見ちゃったからには、黙ってられないでしょ。本人と話して辞めるように説得する。もし、お金に困ってるところを、汚い大人に騙《だま》されていいように利用されてるだけだったら、絶対に許せないし。そこも含めて、力になってあげたい」

聞くまでもないことだと、綾香は両手をグーにしてやる気の丈を露《あら》わにする。

「そうこなくっちゃな。やってやろうぜ。俺も手伝うよ」

「ん。ありがと、南樹《みなき》」

「んじゃ、そうとなったら善は急げってことで、早速行くとするか」

「へ？　行くってどこに？」

「その子が働いてるお店にだよ」

「へ？　……はぁあああっ!?」

○

一旦、滝ヶ丘《たきがおか》駅に戻り北側の飲食街を突き進む。流石《さすが》に深夜を回っているとなると閉店のお店も幾つかあって、静かになりつつある中、更にその奥にあるネオン街では、まだまだ夜は長いとばかりに異質な光を放っていた。

そんな大人の空間に、高校生、風間《かざま》南樹としてはちょっと場違いな空気を感じつつも、俺達はがーねっとが働くキャバクラ——Jewelry box の近くにやって来ていた。

常連の間ではジュエボの略称で親しまれている Jewelry box では、がーねっとのように、お店の女の子には宝石にちなんだ源氏名がつけられている。

まさか、風間南樹の状態でジュエボに訪れる日がこようとは、人生ってほんとわからん。

そう感慨に浸っている俺の隣では、なぜか綾香がまたもやムスッとした顔をしていて、

「あんさぁ、言われるがままに付いてきた後で言うのもあれだけどさぁ。あたしはてっきり普通に学校で会って説得するとばかり思ってたんだけど……」

——げっ⁉　言われてみれば、そう考えるのが普通か。知り合いなだけに、一刻も早く真相を解明したいという思いが先行しすぎていて、完全に失念していた。

「ほら、普通に考えてみろ。学校でこんなこといきなり話したってすっとぼけられるのが関の山だろ。なら、現場を押さえて、言い逃れできなくした方が早そうじゃねぇか？」

「ふぅーん。ま、それはそれとして、なんで南樹《みなき》はあの子が働いてる店が、そこのJewelry boxってお店だとわかったわけ？」

げっ⁉　その指摘も確かに……。

「そ、それはだな。キャバクラって、嬢のプロフィールとか出勤情報が、ホームページやSNSに載ってることが多くてな。歩きながらに、さっき撮った写真と一致する女の子がいないか調べたってわけよ。ひとまずこの近くでキャバクラがあるエリアって言えば、この辺りなのはほぼ確定してたしな。んで、恐らくこの店にいることが、わかったってわけだ」

「へぇーそうなんだ。南樹ってばとってもかしこいんだねぇ。そんな発想、あたしにはちっともなかったなー。日頃から女遊びやってないと、浮かばなそうだけどー」

どこか皮肉るように、納得していないジト目。やっべぇ。今後は気を付けねぇと。

「ははは、俺は未成年だぞ。んなわけないだろ。——ってことで、これからしばらくは閉店時間まで待機だな。ここで彼女、がーねっとが仕事を終えて出てくるのを待つ」

「……なんで、もう名前までわかってんのよ」

綾香《あやか》が怪訝《けげん》な顔で呟《つぶや》く。にしても、キャバ嬢の出待ちとか、本条大和《ほんじょうやまと》時代でもやったことのない経験だ。ここいらは条例が厳しくて、キャッチが周囲をうろちょろしていないのが幸いだが、怖いお兄さん連中に怪しまれないようにだけは注意しないとな。

「つーか張り込むって……ねぇ、キ、キャバクラってあれでしょ？　……え、えっちなことするお店なんでしょ。そんなお店から出てきた後の彼女と、その、ごめんけど真《ま》っ直《す》ぐ面と向かって話せる自信がないってか……ど、どうしても想像しちゃうし……」

頬《ほお》を朱色に染めた綾香が、指先をもじもじと、恥ずかしいとばかりに声を失速させる。

「なぁ、お前なんか勘違いしてないか？　キャバクラってのは、たぶんお前が今頭ん中でイメージしてるような、風俗とはまた違うからな」

法律的な兼ね合いで、厳密に言うとキャバクラも風俗に当てはまったりするのだが、今は性的サービスの有無が論点なので別物とさせてもらおう。

「か、勘違いって、全部とまではいかなくても——む、胸とか揉《も》ませたりはするんでしょ！」

前屈《まえかが》みになって両手で胸を守るように覆い、へんたいと、非難の目を向ける綾香。おい待て、なんで俺がセクハラして責められてるみたいになってんだよ？

「それはおっパブな」

「お、おっぱっ⁉」

「いいか、キャバクラってのはな。世間の柵《しがらみ》から解放されて、かわいいお姉ちゃんとお酒を飲んで楽しくお喋《しゃべ》りし、時にはカラオケを歌って騒いだりする、そんな夢のような一時を体験するための空間だ」

「……なんかきしょい」

そこで引くなよ。

と、そんなこんなで、コンビニで買ったプリンを食べたり、綾香《あやか》と喋ったりして時間を潰しつつ。張り込みを続け、時刻は深夜三時を過ぎた頃。

「——あ、あれ。見て南樹《みなき》、あの人じゃない？」

正面からではなく、お店の裏から出てきた黒髪の女性をいち早く目にした綾香が、指を差して声を上げた。俺も目を向けて確認する。

深紅の華やかなドレスの上からパーカーを着たツインテールの女性は——間違いなくがーねっとだった。

店から出てきた彼女は、そのまま立ち止まるとスマホをいじり始めた。恐らく送迎係のボーイを待っているのだとか、そんな感じじゃないだろうか。

「なんで真《ま》っ直《す》ぐ帰らないのか知んないけど、今がチャンスっぽいじゃん。行くよ南樹」

「お、おい……」

意気揚々と突っ走る綾香に、俺は不安を覚えながら慌てて付いていく。

「ねぇちょっといい？」

「はい？」

綾香の声に反応したがーねっとが振り返り、俺達の顔を見やった。

「えっ……!?」

その瞬間、彼女は目を大きく見開き、俺達が現れたのがよほど衝撃だったのか、手に持っていたバックをずさっと落とした。

「ご、ごめんね。こんな夜中に急に知らない人に声をかけられたからビックリしちゃった」

てへっとはにかんで、急ぎバックを拾うがーねっと。

今の大袈裟《おおげさ》な反応、知らない人に声をかけられたにしちゃオーバーだったよな？

ひょっとして、学校での俺達を知ってるんじゃないか？

或《あ》るいは俺の正体に——いや、この線は恐らく違うな。本条大和《ほんじょうやまと》だと認知してるなら、見知った仲同士、もっと友好的に接してくるはずだ。……疚《やま》しいことがあるなら別だが。

「それでぇ、がーねっとになにか用ですかぁ？」

調子を戻した彼女が、にっこりと人受けのよさそうな笑みを浮かべる。

「は、なにすっとぼけようとしてんのよ？　そんなのあんたが一番よーくわかっているでしょ。誤魔化《ごまか》そうとしてもムダだかんね。そこのお店で働いているあんたが、実はうちの

学校の生徒だって決定的な証拠が、ちゃんとコンビニのカメラに残ってんだから」

ふふんと、まるで難事件を解いた名探偵の如《ごと》く、綾香《あやか》が得意げに言い放った。それは若さ故の先走りってやつなのだろうか。俺からすると、自分から先に手札を切るのはナンセンスすぎて、頭痛を覚えそうだ。綾香の意思を尊重すると決めてはいるが、もしもの時は、フォローに回るとするか。

「あ、あー、あん時の……。それでぇ、がーねっとが、高校生だとバレちゃったんだ。なるほどねー」

「ねぇ、なにかお金に困ってるとか、事情があるのなら話してみなよ。実を言うとさ、あたしもちょっと前まで、クソ親がヤミ金から借りた金返すために、あんま人には言いにくいことやってた時期があるっていうか――」

「およ？　がーねっとにはないけど、そんなドラマみたいな事情」

「は？　け、けど、お金に困ってないってなら、なんでこんな危ないこと……？」

「なーんかね、学校に行って家に帰るだけの毎日が、退屈で飽きちゃって。それがーキャバ始めたきっかけかなっ」

「えっ？」

「なになに、ひょっとしてがーねっとが、ヒモのバンドマン男に騙《だま》されて貢いでるとでも思ったぁ？　きゃははっ。貴女《あなた》ってばドラマの見すぎじゃなーい？」

目を丸くして驚く綾香《あやか》を前に、がーねっとが口に手を当て、馬鹿にするように哄笑《こうしょう》する。

「……ふぅーん。家が貧乏で、仕方なくってわけでもないんだ」

「そうそう。がーねっとの家は至って裕福。銀行員の父と公務員の母の下に生まれて、家庭円満でなに不自由なく育った女の子。それが、がーねっとだよっ。にゃはっ」

どこかコケにしたようながーねっとの軽薄な態度に、段々と綾香の顔がひりついてきて、

「言っとくけどさぁ。あたしがこのこと学校にチクれば、あんた退学だよ。そこんとこ、わかってるわけ？」

ぴしりと冷酷な表情で、教室で見るような女王様モードになった綾香が睨《にら》んだ。

「なになに、自分の思うとおりにならないからって、脅しに出るんですかぁ。こっわ」

「うっさい」

「別にいいですよぉ」

「えっ？」

「退学。なるならなるで別にいいかなって。あんな場所、行ってても退屈なだけだもん」

「あんた……ここまで育ててくれた親の気持ちとか考えたことあんの？　まともに学校通うのに、どれだけのお金がかかるのか。あんたちゃんと知ってんの？」

「なにそれ。もちろんパパとママには感謝してるけどぉ、それとこれとは話が別だよね。親のためならがーねっとの気持ちは、どうだっていいってことですかぁ？　がーねっとは

お人形さんになったつもりはないんだけどぉ」

　綾香の忠告は、どうにも彼女の琴線に触れたようで、笑顔を消したがーねっとが敵意の籠もった視線を向けた。

「だいたい、自分のこと棚に上げて貴女《あなた》はどうなんです？　正直、そんな偉く言える立場じゃないですよね？」

「は？　なにが言いたいわけよ……？」

「貧乏だからって、生活のためだったら、パパ活も正当化されるってのはおかしいよねぇ。ウリやってない分、がーねっとの方がよっぽど健全だと思いますー」

「……はぁ？　まって、意味わかんないんだけど。なんで急に、あたしがウリやってるって話になんのよ？」

「とぼけないでもらえますぅ。まー篠原《しのはら》綾香がパパ活やってるってのは学校でも結構有名な噂話《うわさ》ですからねぇ。どうせおっさんのちんこいっぱい摘《つ》まんだその手で、高級なお寿司《すし》でも、ぱくぱく摘まんだりしちゃっているのでしょう？」

「ち、ちん——!?　なななにをいきなり言い出すのよ!?　摘まんだことなんてねーし。そんな汚いものなんか！」

　ドライな態度から一変して、羞恥の滲《にじ》む表情で気を動転させた綾香が、目をくの字に腕をブンブンと振って否定した。汚いっておい……。

「へ？　なんです？　その生娘みたいな反応は……」

「もーう、こないだの時といい、なんであたしがパパ活やってて当たり前みたいになってんのよ！　意味わかんない。マジで腹立つ」

「なんでもなにも、ついさっき自分でも言ってたじゃないですか。借金返すために人に言えないことしてたって」

「そ、それは……。ねぇ……」

ま、改造ガン作って裏に流してたとか物騒な話、おいそれと説明できないよな。

「ほら、いいわけできないんだー。今更しらばっくれようとしても無駄だよ。篠原《しのはら》さんがパパ活やってるのを見たって、目撃情報もちゃーんとあるんだから」

「は？　目撃情報？」

得意げな顔での発言に、思わず小首を傾《かし》げる。俺と出会う以前の話だとしても、ありえない。なんせこいつは、最近までパパ活の意味すら知らなかったんだぞ。

「はい。睡蓮《すいれん》の生徒で、この辺りでは富裕層ばかりが住んでることで有名なマンションに、篠原さんが合鍵を手に、ニヤニヤしながら入っていくのを見かけた人がいると」

あっ。あー、それ恐らく俺の家の話。

「べ、別にニヤニヤとかしてねぇし！」

いや、否定するとこそこじゃないだろ。

「と、とにかく、あれはそんなんじゃなくて――あたしはそんなパパ活だとか、神に誓ってやってないから。あんたと一緒にしないでくれる？」

「およ？　がーねっとと一緒にですか？」

「そう。別にさ、あたしだって学校を続けることが大正義とまでは言わないよ。でもさ、こんな性的搾取みたいな最低の商売を優先するのだけは絶対に間違っているでしょ。おっさん騙《だま》したお金で欲しい物買って、それが幸せだなんて、正直神経を疑う」

「……今、なんて言いました？」

「へっ？」

「訂正して。今の言葉だけは聞き捨てならない。がーねっとはねぇ、この仕事にそれなりのプライドを持ってるの。なにもしらないくせに、世間的なイメージだけで勝手に決めつけて、ふざけないでよ」

「は、なんであたしが悪いみたいな空気になってんのよ。正論じゃん。ね、南樹《みなき》だってそう思うでしょ？」

がーねっとの憤りから逃げるように、綾香《あやか》が賛同を求めて振り向く。

「……悪いが、今の綾香の言葉には賛同することはできねぇな」

「え、南樹？」

俺が静かに頭を振ると、綾香は目をパチクリとさせて唖然《あぜん》となった。

「いいか？　大人にだって時には誰かに甘えて鬱憤をぶちまけたい時だってあるんだ。その相手になって、聞き役、相談役になってくれる彼女達がどんだけ有り難い存在か。それを最低な商売だとは俺は思わねぇよ」

「へぇーっ」

がーねっとが、どこか感心した眼差《まなざ》しを俺に向けた。

「それに彼女みたいに、こういう世界に、自分の居場所ややりがいを見出《みいだ》す人だっているんだ。それは決して、悪いことってわけじゃねぇだろ。綾香《あやか》には理解に苦しむことなのはわかるが、自分の尺度を一方的に人に押しつけるのだけは、よくないと思うぞ」

いつの間にか俯《うつむ》いていた綾香の肩をぽんと叩《たた》く。つい説教臭くなったかもだが、一応身を預かる兄としては、綾香には凝り固まった思想の大人に、なって欲しくはねぇからな。

「……なんでさぁ。あんたがそっちにつくわけよ？」

顔を上げた綾香が、半泣きの表情で俺を睨《にら》んできた。

あ、やらかしたわこれ。本条大和《ほんじようやまと》時代に長らく通っていたのもあって、ついあっちに感情移入しすぎてた。フォローに回るとか言っといて、なんで真逆なことやってんだ俺……。

「いや綾香、今のはだなぁ——」

「南樹《みなき》のばかぁ！　このノンデリ男！」

俺の胸をポコポコと叩きながら、ありったけの怒りをぶつける綾香。

「キャバクラのよさとか、そんなのあたしが知るわけないってか、別に知りたくもないし！　なのに南樹ってば――もう、一体どっちの味方なわけ!?」

「それはその……悪かった」

「悪かったじゃないし！　ってかその肩入れっぷり、本当はあたしに内緒で行ったりしてんでしょ？　謎に遅い夜とか、たまにあるもんね。ねぇ、怒らないし白状したら？」

「いや、そんなわけ……。ってか、もう既に怒ってるよな」

「なに？」

その、いつもとはうって変わった子供のような態度に、俺はただただたじろいでいると、

「これがあの、篠原《しのはら》さん……？　いつも学校で見るお高くとまってドライな、どこかみんなを見下しているかのような彼女とは全然違う……」

なぜかがーねっとが、信じられないものを見ているとでも言うように、愕然《がくぜん》としていた。

と、その直後。

「――悪い。待たせちまったながーねっと」

レスラーのように恰幅《かっぷく》のいいスーツ姿の男が、ジュエボの中から外に出てきた。

「あ、須藤《すどう》さん」

がーねっとがどこか安堵《あんど》した様子で男の名を呼んだ。

もちろん、俺はこの男のことも知っている。監視カメラに彼女と一緒に映ってた男だ。

須藤《すどう》。この店で働くボーイの一人でナンバーツー的存在。と言っても、その実態はヤクザ・狂武会《きょうぶかい》の組員であり、その見た目通りに横暴な性格で気が荒く、以前に傷害問題を起こし、警察のお世話になっていたりもする。ま、できることなら関わりたくないやつだな。

「ったく俺のことはオーナーと呼べと言ってるだろ」

手がかかる子供だとばかりに須藤が鼻で笑って肩をすくめた。

――な、なにっ⁉

須藤のやつ、俺が店から離れてる間にオーナーに昇格したのかよ⁉

だとしたら、なんでオーナーが直々に嬢の送迎係をやってるんだよ。そんなの普通、下の連中のやることだよな。まさか、この二人デキてるとかそんなんじゃ……？

「で、なんなんだこのガキ共は。お前の知り合いか？」

「んー知らない人かなー」

俺達の顔を一瞥《いちべつ》すると、ややあってがーねっとはわざとらしく首を傾《かし》げてすっとぼけた。

「ちょ、あんた――」

「ってことらしいが。どうかお引き取り願おうか。店先の前で騒がれると迷惑なんでな」

綾香《あやか》の抗議を遮り、がーねっとを庇《かば》うように前面に出た須藤が、逆らうと痛い目に合うぞと言うように、手をポキポキと鳴らして威圧する。

「ここは狂武会のシマだ。これだけ言えば、いくらガキのお前らだって、どういう意味か理解できるよなぁ。もしこの名前に心当たりがないってなら、家に帰って父ちゃん母ちゃんにでも聞いてみな。きっと青ざめた顔するだろうよ。くくく」

ようするに、ヤクザ相手にこれ以上突っかかろうものならそれなりの報いを受けてもらうって脅しか。

これは以前に俺がチンピラ共に見せたハッタリとは違う。須藤は本物のヤクザだ。おまけに店を任されているような幹部クラスなら、一声かければあっという間に組の下っ端どもがぎょうさん集まるに違いない。悪いことすると自分に返ってくるとはよく言ったものだ。なにはともあれ、今ここでことを変に荒立てるのは得策ではなさそうだ。

「わかったよ。今日のところは出直すことにするよ。帰ろうぜ、綾香」

思い立ったらすぐ行動と、須藤達に背を向け、綾香を連れてスタスタと歩き出す。

「おいガキぃ、ちょっと待て！」

が、何故《なぜ》か気にくわないとばかりに、苛立《いらだ》つ須藤に引き止められてしまった。なんでだよ？　帰れって言ったのはそっちだろ。

「今日のところは出直すだぁ？　お前さっきからさぁ、ずっとへらへらとした態度で、一体何様のつもりだ？　俺のことナメてんのか、おい。その気になれば、どうなるのか。思い知らせてやってもいいんだぞ。あぁん？」

鬼人の如《ごと》き形相で睨《にら》みつけ、今すぐにでも殴りにかかってきそうな空気を纏《まと》う須藤。

だが、このヤクザに風当たりの強いご時世、向こうだっておいそれとは手出しできないはずだ。子供で無知なのを逆手にビビらせてイニシアチブをとり、恐喝しようという魂胆なら上等だ。そのハッタリ勝負乗ってやるよ。

「いえいえ、舐《な》めてないですよ。その証拠にこうして命の危機をひしひしと感じ、みじめにも背中向けて逃げだそうとしてるわけじゃないですか」

俺は真《ま》っ直《す》ぐと須藤《すどう》の目を見てそう言うと、自嘲気味に笑って肩をすくめる。

「だから、その態度がナメてるって言ってんだろうが!! こっちが大人の対応してやってりゃぁいい気になりやがって。あぁん、いつまでも調子こいた態度のままじゃタダじゃおかねぇぞ。それとも、一遍痛い目みねぇとわかんねぇのか!?」

ぶっ殺すぞと言わんばかりの敵意を込めて、須藤が憤りの籠もった声を張り上げた。

びくっと肩を震わせた綾香《あやか》が、俺の傍《そば》にすっと寄る。そんな綾香の怖がった様子を目にした須藤は、いい的を見つけたとばかりにニヤリと下卑た笑みを浮かべて、

「お前が理解できねぇってなら、そっちの女の方に言い聞かせたっていいんだぜ。なぁ」

綾香に下卑た目を向けて舌なめずりした。綾香の顔がますます曇る。そういや須藤って、弱い者いじめが大好きで、立場の弱い人間にはとことんデカい態度になるドクズだったな。

「へぇ。じゃあ逆に俺が本気になったらどうなるか、教えてやろうか?」

綾香のトラウマを抉《えぐ》るような行為に、流石《さすが》の俺も黙ってはいられなかった。相手が反社

だろうがなんだろうが、そこにどれほどの危険が孕《はら》んでいようが関係ない。何があっても綾香を守る。それは俺が、彼女を妹にした時からお天道様に誓ったことだ。

「ほう、言うじゃねぇかガキが。どうやら親に代わって躾《しつ》けた方がいいらしいなぁ」

「もーオーナー、それくらいにしておきましょうよ」

両者睨《にら》み合《あ》って一触即発の空気の中、がーねっとが冷ややかな顔で止めに入ってきた。

「明日もあるしー、もう疲れて眠いんで早くお家《うち》に戻りたいんですけどー」

「おお、悪い悪い」

まるで別人に変わったかのような猫なで声に、思わず鳥肌が立ちそうになる。

無駄にプライドが高そうなくせに、高校生の少女の言うことをすんなり聞くとは、どうやら相当入れ込んでいるらしいな。ま、この男が実は彼女が高校生だと知っているかは定かではないが——いずれにしろ、もしがーねっとがお店を辞めるとなったら猛烈に反対してくることだけは違いない。この件における、一番厄介な障害になりそうだ。

須藤ががーねっとの肩にぽんと手を置くと、二人はそのまま背を向けて歩き始めた。あの距離感、やっぱ普通じゃねぇな。

「それじゃあねぇ。お願いだからもうここには来ないでねー」

ふと振り向いたががーねっとがあどけなく手を振り、須藤と共に消えていく。

ここで感情のまま深追いするのは、得策ではなさそうだな。

「……ごめん南樹《みなき》。あたしがビビったせいで、あいつにつけいる隙あたえちゃって」

須藤《すどう》達がいなくなった後、ほっとした綾香《あやか》が申し訳なさそうに視線を落とした。

「気にすんな。相手は以前にナンパしてきたチンピラとは違って本物の反社だ。ビビるなって方が無理があるよ」

「……うん。あー思い出したらマジむかつく。ほんと、あたしがちょっと弱気な態度見せたら嬉《うれ》しそうな顔して——ヤクザなんて腐った卵より不快で、ゴキブリより生きてる価値のない連中、全員この世から消えればいいのに」

侮蔑の籠もった顔で、ばんと地面を蹴り上げて行き場のない怒りをぶつける綾香。

「ははっ。俺もそう思うよ。ま、こんな時間だ。今日のところは出直すとしようぜ」

○

帰宅後の自室にて。俺はスリーブに入った複数枚の遊神王《ゆうじんおう》カードをハンドシャッフルしつつ、がーねっとの件について今一度、次の方針を整理していた。

これは通称シャカパチと呼ばれる行為で、遊神王で遊んでいた頃から俺に染みついた思考中のルーティンみたいなものだ。この行為には賛否両論があるものの、実際、手を動かすことは、脳を活性化させることに繋《つな》がっているそうで、一応は理にかなっているらしい。

手元でパチン、パチンと小気味よい音を響かせながら、俺は思考の海に浸っていく。

まず前提として、俺にはがーねっとの言葉を素直に聞き入れる気など毛頭ない。

何か事情があるにしろ、やってることは歴《れっき》としたルール違反だ。綾香の時のように、若者が間違ってたら正しい道に引き戻してやるのが、大人様の役目ってもんだろ。

おまけにがーねっとは、大和《やまと》時代の知人だ。今は他人とはいえ、見知った顔がいずれ地獄を見るのをわかってて見過ごすのは、なんというか俺の道義に反する。

その相手が、たとえヤクザだろうが——いや相手がヤクザだからこそ、がーねっとを野放しにしておくわけにはいかない。綾香も言うように、あんな社会のゴミクズと関わってちゃ、たとえ今が楽しくとも、その先にハッピーエンドなんかあるわけねぇしな。

ただ、相手が相手なだけに、それなりの用心と手順が必要なのも確かだ。

なんせ彼女が働くキャバクラは、あの狂武会《きょうぶかい》のお膝元だ。おまけにがーねっとにお熱な須藤に迂闊《うかつ》に近づけば、どんな火の粉が降り注いでくるかわかったものではない。

あの睡蓮《すいれん》学園のどこかにがーねっとが在籍してるってなら、まずはそこに突撃して改めて説得してみるのが無難か。穏便にすませるにこしたことはねぇし。

よし。次の昼休みを利用して、校内を探してみるとするか。

問題は本名を知らない以上しらみつぶしになってしまうことだが——なんせ、がーねっとは、大学生だと言われても、なんら違和感のないほどに大人びたルックスの持ち主。

学園一の美少女を探していれば、必然的に辿《たど》り着《つ》けるだろ。

ま、やるだけやってみようじゃねぇか。やらぬ後悔より、やる後悔ってな！

決意を胸に、人知れずこくんと頷《うなず》く。

と、集中モードを解除した、その直後のことだった。

「――きゃぁあああああああっ⁉」

突然、綾香《あやか》の大きな悲鳴が、マンション内に響き渡った。

「綾香⁉」

俺は血相を変えて、綾香の下へと駆け出した。なんせヤクザ相手に喧嘩《けんか》をふっかけるような真似《まね》した後だ。嫌な予感が次から次へと止まらねぇ。――頼む、杞憂《きゆう》であってくれ。

「へっ…………⁉⁉⁉」

「み、南樹《みなき》……？」

廊下で綾香の姿を目にした俺は、頭が真っ白になった。

なんたって今の綾香は、生まれたまんまの姿をしていたのだから。

「ご、ごめん。驚かせちゃった？　その、黒いアイツが出たもんだからつい、パニクっちゃって……。実はあたし、ゴキブリとかそういうの無理なのっ！」

「ゴ、ゴキブリ……？」

落ち着きない様子で前のめりに訴える綾香。俺は、予想だにしない展開に目が点になる。こ、こいつ。ひょっとして、驚きのあまり、今自分がどんな状況なのか忘れてるのか？

「む。なによ、その大袈裟《おおげさ》なって言いたげな顔。怖いもんは怖いんだし、しかたないじゃん。見た目も動きも生理的に無理ってか、ちょっと目に入るだけでもゾッとするし。いい？　自分の家に意思疎通の通じない生物が勝手に侵入してきてんのよ。あんなの不審者と大差ないって話」

綾香が不満げに語気を荒らげ、あたしは間違ってないと強い視線で迫ってくる。すっぽんぽんのまま平然と会話を続ける綾香を前に、俺の方は気が気ではなかった。顔が熱く、心臓がバクバクとやばい音を立てていて、叫びたい衝動をなんとか押し殺している。

潤いのある肌を全てさらけ出した綾香は、目のやり場に困るというレベルではなかった。たわわに実った双丘が、彼女の身振り手振りに応じてぷるんと揺れ動く度に、胸の鼓動が一段と跳ね上がる。おまけに胸元にあるほくろが、どこか歳《とし》以上の色気を漂わせているというか扇情的で——正直、俺が見た目相応の歳だったら、理性を保てた自信がねぇわ。

「ん？　なんで南樹ってば、さっきからそんな気まずそうに目そらしてるわけ？　もしかして、顔になにかついてたりする？」

「あ、あのだなぁ……。寧《むし》ろ何もついてないから、直視できないでいるというか……」

G

「はぁ？　意味わかんないんだけど。もっとわかるように言ってくれる？」

腰に手に当て、綾香《あやか》が開けっぴろげなな姿で抗議する。――もう限界だ！

「いいか綾香。落ち着いて、下を向いてみろ」

「は？　なによ急に。下って――へっ⁉」

顔を俯《うつむ》けた状態で凝固した綾香が、ぼんと耳の先まで顔を真っ赤に染め上げた。

「きゃあああああああああああああああああああっ⁉」

さっきよりも大きな悲鳴を上げた綾香が、その場で腰を落とすと、大事な部分を隠すように手で覆って、

「そそそ、そういえばあたし、お風呂入ろうとしてたんだった。それで服を脱いだところで、あ、アイツが急に現れて……」

普段の気の強さがすっかりとなりを潜めた、涙目の表情。まるでいじめないでと訴えるような弱り目に、罪悪感がハンパなくなった俺は、踵《きびす》を返し早急に立ち去ろうとする。

「そ、そうか。ま、何事もなかったならよかったよ。じゃあ、俺は部屋に戻るから」

「――待って！」

が、何故《なぜ》か綾香は強い声で呼び止めてきた。

「……じめて、なの」

「へ？」

「だから、初めてなのっ！　男の人に、裸見られるの！　なんかないわけ？　その、かわいいとか、綺麗《きれい》とか、似合ってるとかさぁ!?」

目をくの字に、破れかぶれといった様子で綾香《あやか》が叫ぶ。なんで感想の選択肢が、ファッションを褒める時のそれなんだよ！

「ちょ、落ち着け。というか、綾香はそれを聞いてどうするつもりなんだ？」

「どうするもこうするもさぁ——タダで裸見られたんだし。こんくらいないと、割にあわないじゃん！　あたしのこと意識してるってのが本当なのか、ここで証明するし」

こんな時にまで利益を追求するとか、綾香の思考はどうなってんだ？　耳まで真っ赤になる程に恥ずかしいなら、さっさと脱衣所に戻れよな！

ま、それで綾香の気がすむってなら、素直に言うしかねぇか。

「一度しか言わねぇからよく聞いとけよ。……めっちゃ綺麗だった」

俺は背中を向けたまま、本心を言葉にした。

「ふぅーん、そうなんだ。…………えっち」

綾香は、どこか気恥ずかしそうに言葉を上げたかと思うと、数秒後、軽蔑の籠もった声音でぼそりと呟《つぶや》いたのだった。

誰か教えてくれ。どんな対応が、パーフェクトコミュニケーションだったってんだよ!?

○キャバクラ少女の抱える闇

木曜日の昼休み。

俺は昨夜決めたように、学園でのが一ねっと捜しを開始しようとしていた。

まずは手始めに、一年の教室を目指して三階へと移動する。

と、それは一年の教室手前の職員室にさしかかった時のことだった。

「風間《かざま》君？」

「亜門《あもん》？」

職員室から丁寧なお辞儀をして出てきた亜門と、ばったり出会った。意外すぎる遭遇に、思わず目が点になる。

「こんなところで会うなんて驚き」

「それは俺も同じだよ」

「私は数学係としてノートを運んでいた帰り」

亜門は数学係だったのか、知らなかった。

「それで、風間君の方はどんな用事でこんな僻地《へきち》に？」

「ええっとそれは……教室にずっと一人でいても暇だから、この学校一の美少女は誰だろうか、かたっぱしから探ってみようかなぁって」

我ながら苦しかったか？　でも嘘《うそ》は言ってない、よな？

「くくっ、なにそれ。風間《かざま》君って冗談のセンスがあるね」

「それがぁ……わりと真面目に、なんて」

「へぇ……そう。くくっ、なんだか面白そう。私も、ご一緒していい？」

「へっ？」

「一仕事終わって、ちょうど暇していたところなの」

得意げに自分の顔に指を差す亜門《あもん》。いつも暇して——いややめよう。俺にも刺さる。

「あぁ。俺は全然、構わないぜ」

「ありがとう」

よくわからないが、亜門がパーティに加わった。

「ちなみに私個人としては、この学校で一番の美少女は誰かと聞かれたら、間違いなく篠《しの》原《はら》さんだと思っていた。でも、ここにいるということは、風間君的には違うの？」

「は？」

「うーん、やはりああいった恋愛経験豊富そうな子は、男子からしたら自然と選考基準から は外れてしまうもの？」

なんだこの聞き覚えある質問内容は？　やっぱり女の子ってのは、大なり小なりその手の話題が気になるものなのか？

「正直、篠原さんは我が強すぎて、付き合うとしたら大変そう。なにをするにしても、一々文句つけてきたりとか。デートの時、全部奢《おご》りじゃないと、怒って帰りそう」

「……あんま本人のことよく知らずに、決めつけだけで話すのはよくないんじゃないか」

「えっ？」

「わ、悪い。別に篠原のことを特別に擁護したいわけじゃねぇんだ。ただ、あのなりで実はオタクに優しいギャルだったりしたら、クソギャップ萌《も》えがあって面白いだろ」

「くくくっ。その通りかも。実際、風間君ともこうして喋《しゃべ》ってみないと、冗談のセンスがある人だなんてわからなかった。印象や噂《うわさ》だけで全容を決めつけるのは確かによくないね」

ほっ。上手《うま》く軌道修正できたみたいだ。

「ちなみに、私が実は裏ではパパ活が趣味の、お金さえもらえれば誰とでも寝る、経験人数二桁以上の女だったら、これはこれでギャップ萌えになったりする？」

「へっ…………へ？」

「もちろん冗談」

冗談ならせめて真顔で言うのは止《や》めてくれよ。反応に困るだろ。

かくして、俺は亜門と一緒に教室棟の廊下を渡り歩きながら、がーねっとらしき人物がいないか、教室の窓越しにちらちらと確認していった。

のだが――

その結果、がーねっとと思《おぼ》しき女生徒は、まったくもって見つからなかった。

念のため、図書室に体育館や中庭など、人気が多い場所まで足を伸ばしたのだが、どこを探しても、それらしき面影のある人物に会うことはできていない。おまけに俺の恩人で、この学校医でもある霧子《きりこ》に、予《あらかじ》め今日の欠席者と早退者がいるかを確認してあったたのだが、霧子からの返答は全校生徒出席の早退者なし。

この学校のどこかに、彼女は確実にいるはずなのだ。なのに、一体どうなってんだ？

「この学校、思った以上にかわいい子が多くてビックリ。中々に面白い時間だったね」

「そうだな」

「んーこうなると一番を選ぶのは至難ね。最終的にはその人の感性ありきになりそう。やはり、頭のよさとルックスが反比例するというのは本当なのかも」

「そうだな」

「でもそれだと、風間《かざま》君や私はもう二段階ほど顔がよくないと、理不尽よね」

「そうだな」

「あの、風間君。そこは否定してくれないと困る、かも」

「そう――えっ、あ、悪い。今の話、全然聞いてなかった……」

首を掻《か》きながら申し訳ないと顔を俯《うつむ》ける。

「なんだか不自然」

「へ、不自然？」

「うん。これの趣旨は、学校で一番の美少女を探そうだったはず」

「あ、ああ。そうだけど」

「だったら、なんでそんな肩すかしをくらったような、浮かない顔になってるの？　本当は最初からお目当ての人物がいて、その人が見当たらずにがっかりしてる。今の浮かない顔した風間君が、私にはそう見える」

うっ、鋭いな。それとも、そんな顔に出ていたのか？

「あー実はな――」

あくまでも街で偶然、睡蓮《すいれん》の学生服を着たその子を見かけた体で話す。不意に目にした美少女のことが頭から離れない。この年頃の男子学生ならわりとあるあるだろ。これもまたハッタリ、なんてな。

「……なるほど。ようするに、風間君は、その女の子に一目惚《ひとめぼ》れしたと」

ふっとからかうような微笑。確かに、この話だとそう受け取られてもおかしくないのか。

「一目惚れ――ってとこまでいくかはわからないが、この学校の生徒である謎の美少女を謎のまま終わらせるのは勿体《もったい》ないと思ったのは本心だ。結局、見つからなかったんだが」

「……ひょっとするとその人は、この学校に居場所がないのかも？」

「は？　それ、どういうことだよ……？」

「……これだけ校内をくまなく探して、お目当ての人に会えなかったということは、その人は特定の友人グループに所属することはなく、人目のない場所でひっそりと過ごしている。そう考えるのが無難だと思う」

「それは、確かに可能性の一つとしてはありそうではあるが……。けど、あんな美人がか？」

図りかねると小首を傾《かし》げる。漫画とかでありがちな氷系クール美少女みたいに取っつきにくいタイプならともかく、がーねっとは人当たりもよく愛嬌《あいきょう》だってある。あんなコミュ強が、学校に馴染《なじ》めずグループの輪からあぶれ出ているって、リアルにありえるのか？

「美人だから――じゃない？」

「は？」

「美人というのは、それだけで人の注目を浴びる。いい方向にも悪い方向にも。それが不快に感じる人がいてもおかしくない」

「周りにチヤホヤされるのが嫌、ねぇ。少なくとも絶讃《ぜつさん》ぼっちの俺は理解に苦しむよ」

「贅沢《ぜいたく》な悩み？」

「いや、そうだとも思わない。その立場なりの悩みや苦労があるってことだろ」

実際、クラスで一番好き放題やってるように見えた綾香《あやか》も、その内心では女王様キャラとしての孤独感に悩んでいたんだ。目に見えるものだけが真実だと認識してはいけない。

もっとも、これは一度大人になったからこそ、知り得た教訓だったりするのだが。

「なぁ。そいつが本当にそんな悩みを抱えているなら、どうすれば解決できると思う？」

何気なしにそう尋ねる。すると亜門《あもん》は少し驚いたような顔になったかと思うと、すぐさま顎に手を当てて思案に入った。

「……難しいと思う」

「難しい、か」

「うん。その人が意図的に周囲との関わりを避けているなら、まず悩みを聞くという行動そのものが無理。もしそれが可能な存在がいるとすれば、同じような悩みを持った人くらい。だけど、そんな人いるはずないから。だって、いたらその子は孤独じゃなくなる」

だからありえないときっぱりと言い切って、亜門が失笑する。

「――なんて。地味な私が、なにわかりきった気になっているのという感じ。笑ってくれて構わないよ」

「いや、そんなことは……」

「いいのいいの。私自身だってそう思うから。ということで今のは忘れて」

おちゃらけるように亜門はふっと頬《ほお》を綻ばせた。

「忘れろって、言われてもなぁ……」

退学をすんなり受け入れたところからして、がーねっとにこの学校での居場所がないってのは、遠からずな気がしてならない。そんなあいつに、学校が楽しいって、辞めたくないって思える場所にしてやりたいってのは傲慢、なのかねぇ。

もし学校生活を諦めているのだとしたら、あいつは将来、必ずどこかで後悔する。

これだけは、一度高校生活を終えた人生の先輩として、百％断言できちまうから。

○

「おっかえりー」

放課後。帰宅した俺がリビングに入ると、一足先に帰って何やら工作をしていた様子の綾香《あやか》が、作業を中断して出迎えてくれた。

「おう、ただいまー――って、へ？」

自然な流れで返事をした所で、目の前の綾香の格好《かっこう》が不自然なことに気付き、思わず固まってしまう。

「お前が着てるそれって、俺の服だよな？」

綾香の着ている黒のシャツは俺の服だった。その証拠に、綾香にはサイズが合っておらず、袖が手の半分まで覆ってしまっている。

が、戸惑いながら服に指を差す俺に対し、綾香はケロッとした顔でいる。

「あーこれ。ほら、あたしってさ、最低限の荷物だけ持って、ほぼ裸一貫みたいな感じでこの家に来たでしょ。だからあんま服のストックとかないし、節約も兼ねて、部屋着ならもう、南樹《みなき》の服借りちゃってもいいかなーって話」

「そんな話はせめて持ち主に一声かけてからにしろよ。ま、俺は別に構わないが、いくら節約のためとはいえ、綾香《あやか》は俺の服着るのに抵抗とかなかったのかよ？　その、臭いとか」

「ん、ちっとも。寧《むし》ろ逆に南樹の匂いってさ、他の男子と比べたら断然よくて、落ち着くまであるんだよねー」

「お、落ち着く？」

「そ。なんでか知んないけど、こうして南樹の服着てると、離れてても南樹のこと実感できるようで、安心感がハンパないってか。こういうのって、家族だからできる特権みたいなもんでしょ。だからなのかも。ふへへっ」

ぶかぶかの袖に顔を埋《うず》めて、うっとりと幸せそうな顔を浮かべる綾香。

な、なんだこいつ、めっちゃかわいくないか？　そんなこと言われて、嬉《うれ》しくならない男なんかこの世にいねぇだろ。一番恐ろしいのは、本人が無意識そうなところで――

「あれ、どうしたの？　南樹ってば顔赤くしちゃって？」

「いや、これはその、だな――」

「はっ。あんたまさか、裸一貫って言葉で、よからぬこと考えたんじゃないでしょうね？

き、昨日のことを思い出すのは、禁止だし‼」

「してねぇよ！」

身体《からだ》をばっと覆って、訝《いぶか》しそうに睨《にら》み付《つ》ける。おい、なんでそうなるんだよ。

「はぁ……。んなことより——立て込んでるわけじゃないってなら、早速第一回がーねっと説得作戦の会議を始めようと思うんだが」

「ふぅーん……。作戦会議、ねぇ……」

何だよ？　その曇った顔で、歯切れの悪そうな態度。

「お、おい、どうしたんだよ。なんかこの前とは一転してやる気なさそうじゃねぇか？」

「正直さぁ、あいつをあたしらが身体張ってまで助ける価値ってあるのかなって」

「は？」

「だってさー。あいつには特別そうせざるを得なかった複雑な事情があるわけでもなく、単純に面白そうって理由だけであそこにいるんでしょ。ああいうのは、一遍イタい目見ないと絶対にわからない。もういっそイタい目にあって学習するべき」

「そうは言ってもなぁ。関わってる相手が相手なだけに、一遍イタい目見たらもう完全に人生詰んでるかもしんねぇだろ。そういう子を魔の手から救うのが、綾香のやりたいことだったんじゃないのか。一体どうしたんだよ？」

「……ほんとにそれだけ？　あの子、かわいいもんね。そりゃ放っておけないよね」

「おいおい、かわいいからだとかそんな理由じゃ……」

「ま、そうやって顔がいいおかげで周りからちやほや甘やかされてきたからこそ、あんな誤った価値観を持って育ったんだろうけど。ほんと、何不自由なく育ったくせして、なにがが一ねっとの気持ちよ。ふざけんなって感じ」

荒ぶった口調で、反吐《へど》が出るとばかりに綾香《あやか》が悪態をつく。

「綾香……」

自分のような、理不尽や不条理で酷《ひど》い目にあっている若者に、手を差し伸べてあげたい。それがパトロールをしようと切り出してきたあの日、綾香の語った熱い想《おも》い。

彼女の持つ、生来故の正義感がそう奮い立たせたのだろう。それは中々できることじゃないし、俺も綾香の意思を尊重してできる範囲で応援したいと思った。

が、そう決意した綾香が初めて遭遇した、過去の自分と同じように危ない橋渡りをしていた存在は、想像とは真逆のなんの事情も抱えていない普通の少女だった。

それは綾香にとっては到底、理解できないことで、甘えんなって苛《いら》つくような、複雑な心境ってことなのかもしれない。

自らライオンの檻《おり》に飛び込んでおちゃらけているやつを前に、誰が助けたいなんて思うか。綾香から見えるがーねっとは恐らくそんな感じなのだ。

その気持ちはわかるし、家庭環境に恵まれず普通の家庭のやり取りに憧れを持つ綾香が乗り気になれないのも無理はない。

だが――

「だとしても、このままだとどこかでバッドエンドに入るってわかってる以上、見なかった振りして放ってはおけねぇだろ」

確かにあの業界には、かわいい自分はちやほやされて当然だと、弱者男性を相手取って貢がせることに、愉悦を覚えているやつも少なからずいる。が、昨日のキャバ嬢という仕事にプライドを持っていたような一面を見る限り、俺にはがーねっとが性根まで腐ったやつだとは思えないのだ。

きっと綾香とはまた違った心の闇を抱えているはず。救えることができるなら、そうしてやりたい。

本条大和《ほんじょうやまと》だった時代にそういった心の隙間につけ込まれる形で、汚い大人にいいように使われ、未来を潰された若者を沢山、見てきただけにな。

「逆に聞くが、もし仮にこのまま見捨てたとして、彼女に何かあった後でも後悔することはないって、綾香は心からそう頷《うなず》けるのか？」

真剣な顔で綾香をじっと見つめる。

「うっ、それは……」

すると綾香は、核心を突かれたとばかりに苦虫を噛《か》み潰《つぶ》したような表情になった。

「はぁ……わかったわよ」

ややあってため息をつくと、綾香《あやか》は複雑な顔をしたまま頷《うなず》いた。

「ま、これはあたしが言い出して始めたことでもあるしね。それにあの人生なめ腐った女に『私が間違ってました！』って泣いてわからせるのもありか。ようし、こうなったらどっちがガチで世間知らずなのか、白黒付けてあげようじゃんか」

不敵に笑って、喧嘩《けんか》上等とばかりに拳を握る綾香。

「あぁ。それでこそ綾香らしいってもんだ」

「――けど、一つだけ約束してくれる？」

「約束？」

「うん。もしあいつを助けたことで、あの子があんたに惚《ほ》れて迫ってきたとしても絶対に振ること。いい？」

「…………は？」

これが絶対条件とばかりに、人差し指をびしっと立てて忠告する。なんじゃそりゃ。

「過度に仲良くなったりしない。もちろん、南樹《みなき》から告白とかもダメだかんね」

「は、はぁ？」

「で、それが嫌だってなら悪いけど、あたしはこの件から降りるし」

「わ、わかった。約束するよ」

バイバイと手を振る綾香を目に、俺は慌てて頷く。なんでそんな約束が出てきたのか全くもって理解できないが、それで綾香が納得するというなら全然構わない。正直こんな約束、あってないようなもんだろ。美少女のあいつがこんな冴《さ》えない俺に惚れるだとか。

「ん、約束だかんね。——それで、どうすんの？　作戦会議って言っても南樹のことだから、全くのノープランってわけでもないんでしょ？」

「そこなんだが……俺なりにあれこれ色々と考えてみた結果、一つの結論に達した」

「一つの結論？」

「ああ。あの店に客として来店して、キャバ嬢モードの彼女と正面きって話し合う。客となれば、無下にはできないだろ。これが一番、手っ取り早い解決方法な気がする」

俺がそう思ったのは、やっぱ亜門《あもん》の言葉が妙に引っかかったからだ。学校でより、彼女が今、居場所としているキャバクラの方が本音を引き出せるんじゃないかって。

「あの店に客として入るって。キャバクラにぃ……？」

眉をハの字に曲げて綾香が難色を示した。

「色々言いたいことはあるけど、まず現実的に考えて無理なんじゃないの？　あたしら未成年だし、行っても門前払いでしょ」

「ま、普通に行けばそうだろうな。見てくれから怪しまれて身分証を要求されたあげく、提示できずに、はいさようならってことは十分にありえる。だからこれを使う」

俺は財布の中から、一枚のカードを取り出して見せた。

「は……？　なにかと思ったらそれ、あんたが大事にコレクションしてる遊神《ゆうじん》なんちゃらじゃん。そんなオモチャでなにができるってのよ」

綾香《あやか》が呆《あき》れた顔になる。

ジョーカーをモチーフにしたモンスターのイラストに、黒色の枠で覆われたそれは、確かにぱっと見では遊神王《おう》カードの一種なのだが。

「違う。これは遊神王をモチーフにして作られたインビテーションカードだ。テキストの部分を読んでみろ。こんなの、対戦で使えたらどうすんだっていう内容が書いてあるぞ」

イラストの下にある枠に指を差す。普通なら効果が書かれているそこには、『このカードの発動後、プレイヤーに以下の処理を適用する。●ＶＩＰルームの利用可能　●任意のキャストの優先的指名　●各種飲み物メニューの三割引き』と、カードゲームに見識のある俺からすれば、これでどう戦うんだという馬鹿げた内容が書いてあった。

「そんなこと言われてもさぁ、あたしその遊神王っての全くわからないんだし、違和感とかわかるわけないじゃん。つーか、そのインビテーションカードってなに？」

「インビテーションカードってのは、あの手の夜の店で発行される優待券の業界用語だ。大概は太客の常連や特定のＶＩＰ客相手に発行され、使用するとＶＩＰルーム等の特別なサービスの特典や、割引きなんかを付与してくれる」

「ふぅーん。割引きに特典ねぇ。ようはスーパーとかでよくあるポイントカードの凄《すご》い版ってことね」

「ま、端的に言うとそんな感じだな。それで、あの店では、そのカードが元オーナーの趣味で遊神王をモチーフに作られているんだが、カードには枠の色によって受けられる特典や割引きに差があり、中でもこれは通称黒ＶＩＰと呼ばれる最上位のもの。前のオーナーが、気に入った相手にしか渡していない代物だ」

ちなみに手元にあるこれは非正規ルートで入手したもので、俺自身が気に入られてもらったものではなく使うのも初めて。どうやって手に入れたかって言うと、大の酒好きかつ元オーナーとは飲み友で一段と交流の深かった霧子《きりこ》から、頼んで借りてきたのである。

「オーナーが須藤《すどう》に変わった今、このカードが有効かは定かではないが、それでもこの黒ＶＩＰを持っていること自体、店側からすれば凄いことだからな。裏社会の関係者か、財界の著名人だとでも勝手に誤解してくれて、まぁ足蹴にされることはないだろうよ」

「大体は理解した。でも、仮に割引きがあるとしても、ああいう店ってめっちゃ高いイメージがあるんだけど。その辺はどうするわけ？　正直こんなことにお金使うの抵抗しかないし、これであたしらが割食うのはごめんなんだけど」

「はは、お金に関してはなにも心配なくていい。俺が全部なんとかするからさ」

風間南樹《かざまみなき》になった今でも、不動産投資での収入は続いている。それに俺からすれば、がーねっとを正しい道に引き戻すための費用が、無駄遣いだとは思わねぇからな。

などと考えつつ得意げに胸を張るも、綾香《あやか》は何故《なぜ》かつまらなそうに眉を顰《ひそ》めた。

「あっそ。つーか今更だけど、なんでまた、あんたがこんなVIPカードなんかもってんのよ？　未成年の、あんたがさぁ」

「あーそれは、ちょっと前にフリマサイトで遊神王《ゆうじんおう》引退品を買ったら、その中に入っててな。なんだこれと思って調べてみたら、まさかの代物だったってわけだよ。ついてるよな」

「はぁ……。ま、そういうことにしといてあげる。けどさー、いくらそのカードがすごくても、あの須藤《すどう》ってやつが素直に通してくれるとは思えないんだけど」

「あぁ、それなら簡単だ。須藤がいない日を狙う。実はこの辺の裏社会事情に詳しいやつにちょいとツテがあってな。このカード云々《うんぬん》も、そっから知り得た知識ってわけだ」

嘘《うそ》である。情報源は本条大和《ほんじようやまと》時代の俺の知識だ。

「なによ裏社会に詳しいツテって……それ、絶対ろくなやつじゃないでしょ」

目の前にいるんだけどな。ろくなやつじゃないのは否定できない。

「まぁまぁ。で、その情報によると、須藤の所属する狂武会《きようぶかい》には月に一度、幹部達が全員参加で各々のシノギの報告——言わば幹部会を兼ねての晩餐会《ばんさんかい》が存在するらしくってな。組から店を任されてるような須藤なら、間違いなくその晩餐会に参加するはずだ」

前オーナーも必ず決まった日に店を外していた。ヤクザってのは、下手な中小企業よりも、よっぽど伝統や習慣を重んじる組織だ。そのしきたりがここ二ヶ月で変わっているということは、恐らくないだろう。

「なるほ。ようするに、その晩餐会とやらの日なら、須藤は絶対、お店にはいないのね」

「あぁ。その晩餐会が行われるのは、一週間後の木曜日だ。その日、俺はヘッドハンティングを生業《なりわい》とした、ベンチャー企業の若手経営者に扮《ふん》して、前オーナーとは趣味で意気投合した飲み仲間という設定で来店する。で、綾香には俺の秘書として、同行してもらう」

「おっけ。って、なんでベンチャー企業の経営者なの？」

「この若いなりで、羽振りがよくても不審がられないってのも一つだが、ああいった夜の店に、ベンチャーの社長が人材探しに窺《うかが》うってのはわりとよくある話なんだよ。寧《むし》ろ大学生の中には、就活時の人脈を広げようと、それ目的でキャバ嬢始めるやつもいるくらいだ」

「ふぅーん。それ、ようするに色仕掛けみたいなもんでしょ。真面目にやってる人がバカみたいじゃん」

「まぁまぁ。ってことで、俺は経営者になりきって飲みの場でがーねっとがあの場所に固執する理由を聞き出し、それをふまえた上で新しいプランを紹介するって寸法だ。今の夜の仕事から足を洗ってもいいと思えるような、彼女にとって魅力的に映る内容をな」

　間違ってるから正す――だけでは単なる偽善の押しつけでしかない。俺達はがーねっとを危険から守りたいだけであって、別に嗜好《しこう》や居場所を奪いにいくわけではないのだから。

「助けるなら物理的でなく、精神的満足でないと真に助けたとはいえない、か」

「あぁ。綾香《あやか》がやりたかったことってのは、こういうことだろうと思ってな」

「そうだけど……なんか、見透かされてる感じがちょっと不本意」

「まぁまぁ。ってか、実際は高校生でしかない俺が、どうやって仕事先をマッチングさせるのかとかは、気にならねぇんだな？」

「まーあたしのこと風間《かざま》綾香にしちゃった南樹《みなき》のことだし、今更聞くだけ無駄っしょ」

にぱっと軽く笑って期待するような視線。この信頼、嬉《うれ》しいのか悪いのかわからん。

「あぁそれと、この前の仮面チェンジャーを作った腕前を見込んで頼みたいんだが、こういうのって作れたりするか？　場合によっては必要になりそうなんだよな」

綾香にメモを渡した。

「どれどれ。んーこれくらいならパーツさえ用意してくれれば作れなくないとは思うけど」

「へぇー。試しに言ってみるもんだな。さっすがはＤＩＹ最強系少女ってか。これからも頼りにさせてもらおうかな」

「ふへへっ。そうでしょそうでしょ。――うし、まってなさいよ。あの社会を舐《な》め腐った非常識女。そっちがその気なら、こっちだってこの気ってのを死ぬほど身体《からだ》に覚えさせてあげるから。ふっふっふー」

「ま、そこはほどほどにしといてやれよ……」

○

ジュエボへの突入が決まってから、早四日が経《た》とうしていた。俺達は昼は学業に励みながら、放課後は作戦に向けて、各々の準備に勤《いそ》しんでいる。

と言っても、俺のメインは潜入時だ。綾香ばかりが工作で忙しそうにしているのにはちょっと悪い気がしたので、夜食におにぎりを作って持って行ってやったら「家族から差し入れなんて初めてかも」と、想像以上に感激されてしまった。

学校でのどこか冷めてお高くとまった綾香とは違う素の一面を見せられる度に、彼女の居場所だけは、絶対に守りたいと思わせられるというか、なんかずりぃよな、あの笑顔。

もちろん、学校での綾香と俺は今まで通り。特に接点をもつことなく、片やクラスの女王様、片やクラスの冴《さ》えないぼっちとしての生活を送っている。

——いや、これはちょっとした自慢なのだが、もう完全にぼっちとは呼べなくなっているかもしれない。

「ありがとう風間君。わざわざ手伝ってもらって。助かる」

退出したばかりの職員室を背に、亜門《あもん》がぺこりとお辞儀をした。

数学係であるのを知ったあの日から、俺は亜門のことを手伝うようになっていた。

「こんくらいなんともねぇよ。どうせ暇だから」

それに、俺にとってはこれもまた青春でしかできない貴重な経験って感じで楽しいし。

「そうね、暇だもの」

くすりと、小さく笑う亜門《あもん》。

と、それは階段手前に差し掛かった時だった。

「きゃははっ、ほんと、ヒナってばいい性格してるよねー」

階段の下から馬鹿笑いが聞こえて来て、俺達は思わず足を止める。

怖《お》ず怖《お》ずと顔を乗り出して確認すると、そこにいたのは、二人の女生徒だった。

「高校生になってもそのエセ清楚《せいそ》キャラ続けてるんだから、マジウケる。周りのやつら、どんだけお花畑って感じー」

「エセ清楚なんて、人聞きの悪い。別にわたしはみんなが望むわたしに応えてるだけで、自分から清楚なんて名乗った覚えはありませんから」

茶髪のギャルにつられ、あくどい笑みを浮かべる黒髪の少女。

その黒髪の少女の顔に見覚えがあった俺は、思わず絶句してしまった。

「なぁ、あれって……」

「うん。私の目が腐ってなければ、誰にでも優しいに定評のある、あの桜宮《さくらみや》さんに見える」

「やっぱり、そうだよな……」

開いた口がふさがらなかった。おいおい、これが本当の桜宮だっていうのか……？

「やっぱいつ聞いてもおもろいわ。この前の掃除当番ばっくれるのに、あの篠原綾香《しのはらあやか》を利用するとか。どんだけ勇気あるって感じー。バレたら殺されるでしょ」

「大丈夫ですよ。バレなきゃ死にませんから。あの人、気配りできるリーダーキャラの自分に酔いしれてる部分がありますから、そこを利用させていただきました。入院しているおばあちゃんの容態が急変した——と説明したら、優しい顔で『あたしに任せな』と、掃除がだるいから友達連れて一緒にサボろうとする女王様的な演技で、真面目なわたしが抜け出せるように悪役を買ってでてくれて——ぷっ」

「ほんとは、アタシがセッティングした合コンに、遅れそうになっただけなんだけどな」

「「ぷはははっ」」

顔を見合わせて笑う二人。その話題には、実は俺も覚えがあった。

掃除当番は、五十音順のクラス名簿で頭から五、六人で区切って班分けされている。俺の班は、俺、風間《かざま》から始まり篠原、綾香まで。当然、その間となる桜宮だって同じ班だ。

それにしても、ギャルの方もどっかで見た覚えがあるんだよなぁ……。

「あ、そういや篠原綾香で思い出したんだけど。実はちょっと前にさー、パパ活相手とゲーセン行ってたら、めちゃ怖い顔した篠原綾香に絡まれてさー。雰囲気的に、あの人のナワバリで、パパ活やってるのが気にくわない的な感じでー」

思い出した！　あいつ、最初のパトロールの日にゲーセンで遭遇したパパ活ギャルか。

「お金持ちの結構ヤバい連中と連《つる》んでたりするってもっぱらの噂《うわさ》じゃん。だからお願い。幼馴染《おさななじ》みのよしみってことで。もしもの時は助けて。また男、紹介してあげるからさ」

「んー仕方ないですねー。でもまぁ、理由がパパ活だというなら心配ないですよ」

「どういうこと？」

「だって、そのパパ活の噂をＳＮＳの裏垢《うらあか》使って広めたのわたしですし」

はぁああっ⁉　あのデマの出所って、よりによって桜宮《さくらみや》だったのかよ⁉

「ぶぶっ、マジかよウケる！」

「だってあの人、クラスの男子共が密《ひそ》かにやってたお嫁さんにしたいランキングで、わたしを抑えて一位だったんですよ。だから腹いせ」

「マジ？　ってか、なんで？　あんなのと結婚したら、生涯尻に敷かれること確定じゃん。ヒナのクラスってもしかしてドＭだらけ？」

「それがですね。わたしは選択の授業が違うから、聞いた話にはなるんですが。どういう気まぐれか、工芸の時間に不器用な男子の作品を手伝ったりとかしてるらしく、普段の冷たさとのギャップある面倒見のよさに、惚《ほ》れた男子が続出なんだとか」

これ知ってる。三田《みった》の話だな。

「なにがオタクに優しいギャルは実在する——ですか。あの人が、陰キャ共なんか恋愛対象にするはずないでしょ。ほんと、どんだけうちのクラスの男子はチョロいんですか」

「それな。ヒナが言うとマジ説得力ハンパな」

「ちょっ褒めないでくださいよ」

また声を張り上げて爆笑する二人。掃除の件は、純粋に桜宮のことを思って行動したのだろうと想像すると、なにやら黒い感情が湧いてきそうになる。

「なんだか、滑稽」

俺と同じように、二人のやり取りを見ていた亜門《あもん》が、どこか冷たい顔でぼそりと呟《つぶや》いた。

「クラスで一番、晴れやかな学校生活を送っているように見える篠原《しのはら》さんも、実は裏では友達だと思っている相手にボロクソ言われていた。それを本人は知るよしもなく、彼女はきっと、自分の手で充実した人生を作り上げていると思い込んでる。まさに裸の王様」

「亜門……」

「風間《かざま》君はあれを見ても、まだ友達が欲しいと思う？　あんなガラスの宝石みたいな叩《たた》けばすぐ壊れそうな紛《まが》い物《もの》に囲まれてかりそめの充実感に浸るより、一人の方がまだマシだと、私はそう思うけど。頑張っても、無駄に傷つくだけ」

「亜門の言いたいこともわかるさ。けどなぁ、俺って人間はそっちを選んでしまうと、絶対に後悔する。そんな気がしてならねぇからよ。だからさ、たとえ無駄でも頑張ってみたいんだ。自分に嘘《うそ》はつきたくねぇから」

強がったように笑う俺を、亜門《あもん》は呆《あき》れるのではなく、意味深に俺をじっと見ていて。

「――んじゃ次アタシ体育だから、ちょっと早いけど行くわ。また」

そんな俺達を余所《よそ》に、茶髪ギャルが軽く手を振って、この場を去って行く。

彼女が完全にいなくなったのを確認すると、俺は自然と立ち上がっていた。

「……悪い亜門、俺ちょっと行ってくる」

「えっ風間《かざま》君？」

驚く亜門を余所に、俺は桜宮《さくらみや》の下へと突き進む。そこのゲスへの怒りが収まらねぇ。

「桜宮、ちょっといいか」

「へっ風間さんと……亜門さん？」

桜宮の驚く顔につられて後ろを一瞥《いちべつ》すると、俺を引き止めようとしたのか、亜門も顔を出していた。

「あの、どうかしましたか？　なんだか怖い顔になってますけど……？」

「悪いけど、今の話、全部聞いてた」

「今の話？」

「とぼけなくていい。あの時の掃除当番、俺も一緒だったろ。これだけ言えば、俺が何を言いたいかわかるよな」

「……へぇ。あぁそういえば、掃除当番の班に風間さんもいましたね。影が薄くて、一瞬ど忘れしてました」

　クスクスと、まるでドラマの悪役のような笑い顔。なるほど、こっちが本性か。

「下手に俺を刺激していいのか？　俺がその気になれば、篠原《しのはら》に今俺が見たこと、一部始終チクることだってできるんだぞ？」

「その通りですね。――はい。やってみればいいんじゃないですか」

　剣呑《けんのん》な顔で忠告すると、桜宮はぽんと手を叩《たた》き、満面の笑みでおどけてみせた。

「だって友達であるわたしと、クラスでぼっちな風間さんに亜門さん。彼女がどっちの意見を信じるかなんて、わかりきったことじゃないですか」

　語るまでもないとばかりに、ふふんと勝ち誇った笑みを浮かべる桜宮。

「あぁ、確かにそうだな……」

　歯がゆい表情で渋々肯定する。本来なら胸を張って、俺だと断言してやりたいところなのだが、それだと俺と綾香《あやか》の秘密が、周囲にバレかねない。残念だがここは我慢か。

「ですよねですよね。ものわかりが早い人は好きですよ。ということで、ここで見たことは綺麗《きれい》さっぱり忘れてもらうということで」

「それはできねぇ相談だな。今はそうだとしても、これからも絶対そうとは限らないだろ。人生なんて、何が起こるかわからねぇんだ。俺が篠原と今後、桜宮以上に仲良くなることだってあるかもしれないだろ。そうなった時、どっちを信じるかってな」

「なんですかそれ？　あはははははっ。風間《かざま》さんは、お笑いのセンスがありますね」

無理があるとばかりに、お腹《なか》を押さえて大笑いする桜宮《さくらみや》。笑いたければ笑えばいいさ。

「なら、こうしませんか？　高校デビューに失敗された風間さんは、クラスでぼっちなのを、結構気に病んでますよね？」

「……否定はできねぇな」

「ですよねですよね。わたし、あの教室にお友達が多いですし、わたしに味方してくれるなら、風間さんがクラスに少しでも馴染《なじ》めるように、協力しますよ」

「は、んなのお断りだよ。偽りの交友関係なんて、作っても空《むな》しいだけだろ」

まるで聖母のように、にっこりと優しい笑顔での申し出を、俺は鼻で笑って一蹴した。

そこに、俺が夢見る楽しい学校生活は、到底待ち受けてねぇからな。

「そうですかそうですか。そのクソどうでもいい強がり、無意味だったと後悔しないようにしてくださいね。それでは、わたしはこれで」

優雅に手を振って踵《きびす》を返す桜宮。と、それと同時に、少し遠くで誰かが早足で去って行くような、物音が聞こえた気がした。

「今の返答、理解に苦しむ」

桜宮がいなくなったのを見計らうと、亜門《あもん》が近づいてきて肩をすくめた。

「桜宮さんに盾つくなんて、下手すれば一生ぼっち確定。それは風間君にとって、不利益どころの話じゃないよね。それとも、それ以上の理由が風間君の中であったりするの？　たとえば篠原《しのはら》さんが、貴方《あなた》にとって特別な人だったりとか？」

「……そんなんじゃねぇよ。ただ俺は、悪党の笑った顔を見るのが嫌いってだけだ」

残念な話ではあるが、現実ってのはだいたい桜宮のような卑怯《ひきょう》で狡猾《こうかつ》なやつほどうまくいく。理屈じゃわかっているが、心は納得しない。いつの時代も真面目でひたむきなやつほど馬鹿を見る。俺はそれが死ぬほど気にくわないというか、自分の流儀に従ったまでだ。

「悪党……。くくっ、面白いこと言う」

「そ、そんな笑うことだったか？」

「だって、そんな風に桜宮さんのことを捉えてるのは、貴方とよくて私くらい。実際、この話をクラスの誰にしたところで、桜宮さんのあの余裕そうな顔が物語っているように、誰一人信じてはくれないと思う」

「ああ、悔しいけどきっとそうなんだろうな……」

歯がゆい気持ちで表情が歪《ゆが》む。なんとか一矢報いたいが、それがきっかけとなって綾香《あやか》との関係がバレたら、もっとまずいことになるのは目に見えている。悔しいが、今は泣き寝入りするしかない……今はな。

「……いい機会だから言わせてもらうけど、正直、私は篠原さんが嫌い。今のを見て、ちょっとざまぁって思うくらいに」

「へっ？」

「あの人、プライドが高く、持っている自分なら頑張れば手に入らないものはないと思っている節がある。逆に言うと、なにもない人のことをとことん見下している。成果や実績のない人は、ただその努力を怠っているだけだと、身勝手に軽蔑して。どれだけ頑張ったところで、なにもできない人だっているのに」

ぎりっと歯を食いしばり、珍しく感情的になった亜門《あもん》が吐き捨てる。

「それは……あるかもしれないな」

実際、篠原綾香《しのはらあやか》って人間は生来の性格ってのもあるが、不遇な家庭環境で育った分、自分で現状を切り拓《ひら》くことに自負があり、その反面、陰キャに対して努力してないし、不遇だったとしても仕方ない。嫌なら頑張れ——と、思ってる部分が少なからずあった。

「それであの人は運までいいとか、卑怯《ひきょう》でしょ。流石《さすが》に不平等すぎてむかつく」

「へっ運？　何を見てそう思ったのか知らないが、流石に言いがかりすぎやしないか？」

こんなの綾香本人が聞いたらふざけんなってブチギレるな。と、思わず苦言を呈すると、亜門は何か言いたげにじーっと俺を見つめていたと思いきや、やがて肩をすくめた。

「ごめんなさい。柄にもなく熱くなってしまったかも。先に戻ってる」

小さく会釈すると、亜門はどことなく不機嫌な様子で、スタスタと歩いていったのだった。

○キャバクラ突入大作戦

木曜日の夜。入念に打ち合わせを重ね、俺達はジュエボの店前にやって来ていた。

今の俺達はベンチャー企業・リサーチ＆コネクトを営むビジネスマンってことでスーツ姿だ。ハッタリってのは見てくれが肝心。安物だと、経営者としての説得力に欠けるとそれなりのスーツを用意したのだが、なんだがこうガキが背伸びした感がハンパない。

その反対に隣の綾香といえば、モデル体型なのもあって、スーツを完璧に着こなしている。インテリ眼鏡も相まって、どっからどう見てもバリキャリの女性だった。

「で、なんで、眼鏡なんだ？　別に視力が悪いってわけじゃないだろ？」

「へ？　だってこの方がなんか秘書っぽくない？　南樹《みなき》がタダで一式プレゼントしてくれるって言うから、せっかくだから一緒に選んじゃった。てへっ」

「ま、別にいいんだが。ってかそのスーツ、よっぽど気に入ったんだな。最近、家じゃずっとその格好《かっこう》だよな？」

そう、綾香のスーツ姿を見るのは何も今日が初めてではなかった。眼鏡まではかけていないものの、何故《なぜ》か家で部屋着としてこのスーツを毎日着ていて——最早《もはや》見慣れつつある。

というか、スーツを渡した月曜の夜辺りから、やけにご機嫌なんだよな。一緒に飯食ってる時もにやにやしてて、なんか妙に浮かれてるように見える。いいことでもあったのか？　年頃だし、ついに好きな人ができたとか——ま、綾香《あやか》に限ってそれはないか。

「……だって、南樹《みなき》が『俺が本当に社長だったら、傍《そば》にいるだけで倍仕事が捗《はかど》るくらいに綺麗《きれい》で様になってる』って言ってくれたじゃん」

「……へ？　そりゃまぁ、スーツ渡した時に、自分との落差が激しすぎて、ついそんなこと口走った気がするが——え、マジでそれが理由なのか？」

「なによ、その単純って言いたげな顔。あたしだって女の子なんだしさ。綺麗とか似合ってるって言われたら、そりゃあ嬉《うれ》しくもなっちゃうでしょ」

いや、普段の綾香は学校で深見《ふかみ》にそれっぽいこと言われても、鬱陶しそうにしてるだろ。

気を改めて——さて、こっからはビビったら負けのハッタリ勝負。未成年だと気取られないように、イケイケな若手起業家として堂々と挑まないとな！

と、決意を胸に、俺達はいよいよ決戦の場となるジュエボへと入った。

「いらっしゃいませ。えっと……二名様のご利用で？」

出迎えたボーイが、童顔な俺を目にした途端、営業スマイルから訝《いぶか》しむ表情へと変化した。想定通りの反応だ。寧《むし》ろ本条大和《ほんじょうやまと》だと全く気付かれてないようで、ほっとしたよ。

さぁて予定通り、ここはより強いインパクトを与えるとしようじゃねぇか。

「あぁ。それとこれを使用したいんだが、ここで先に見せればいいんだよな？」

俺は堂々とした態度で頷《うなず》くと、財布から、例の黒ＶＩＰを取り出してボーイに見せた。

途端、ボーイの表情が驚愕《きょうがく》の色に染まる。

「こ、これをどこで……!?」

「どこでって。元オーナーから直接に決まっているだろ。あの人にはそれ以外に入手方法はないって、聞いてたんだが」

「は、はぁ……。確かにそうではあるのですが……」

「で、どうなんだ？　ちゃんと使えるんだよな？　今日は大口の仕事を終えた帰りで、気分がよくてさぁ。このままぱーっとやりたいって時に、白けることは言わねぇよなぁ？」

「も、もちろんですとも。さ、どうぞ。ご案内させていただきます」

苛立《いらだ》った様子で急《せ》かすと、ボーイは上客の機嫌を損ねるのはまずいとばかりに、取り繕うような笑みを浮かべてお辞儀した。ほっ。どうやらこのカードのシステムは、オーナーが変わって以降も存続しているらしい。話が楽に進みそうで助かったぜ。

おまけにボーイが自分で判断したところから鑑みて、情報通り須藤《すどう》は今、定例会に出席していると見てよさそうだな。まずは第一関門突破か。

ボーイに先導されて、俺達は黒ＶＩＰ特典の一つであるＶＩＰルームの個室に移動する。

接客相手にはもちろんがーねっとを指名した。今は別のお客さんに対応中とのことだが、これまた、黒ＶＩＰの権限によって最優先で回してもらえるとのこと。

この不審者扱いから一変しての好待遇。気持ちよすぎて癖になりそう。

隣の綾香《あやか》も、むふっと心なしか得意げな顔になっている。

平日なこともあってか、店内に客足はそこまでなかった。その殆《ほとん》どは常連で、言うなれば見知った顔だ。皆、同様に酔って顔を赤くしながら、幸せそうな笑みを浮かべて、憩いの時間をこれでもかと堪能している。……なーんも変わらねぇな、ここは。

と、どこかほっとした気持ちになりながら、案内された個室のソファに、俺は綾香と共に堂々とした態度で腰を下ろした。ＶＩＰルームなだけあって他のボックス席の二倍はある広々とした空間は、ＶＩＰ感を出すためか、モノクロを基調とした豪華な装飾がなされていて、防音でカラオケ機も設置されている。

「――ご指名ありがとうございまーす。がーねっとです」

程なくして。オフショルダーで、胸元を強調するような鮮やかなドレスを纏《まと》った女性が、丁寧なお辞儀をして現れた。俺は手を振って意気揚々と挨拶を返す。

「よっ、会いたかったぜがーねっと」

「げっ……貴方《あなた》は!?　ということはそっちはひょっとして……？」

「どうも、敏腕美人秘書の篠原《しのはら》綾香です」

眼鏡をくいっとさせて、綾香がふふんとしたり顔を見せる。がーねっとは信じられないと数瞬、唖然《あぜん》とした顔のまま硬直した後、やがて、やれやれとため息をついた。

「もーあれから全然音沙汰なかったから、てっきり諦めてくれてたと思ってたのにー」

「残念でした。あたしって妥協しない女なの」

頭を押さえて苦い顔になったがーねっとを前に、綾香はその反応が見たかったとばかりにニッと笑う。本当はいの一番に諦めようとしていたことは、ご愛敬《あいきょう》ってことで。

「はぁあ。黒ＶＩＰからの指名だって聞いてわくわくして来たのに、まさかお二人なんて。あのカード、どうやって手に入れたんです？　おまけに須藤《すどう》さんがいない日なのも、どうせ、たまたまってわけじゃないよね？　度胸と頭の使い道、絶対に間違ってる」

「ははっ。そこは残念だが企業秘密ってやつだ。ま、未成年のガキが堂々と中に入るには、これくらいの裏技が必要だったってところか。安心しろ、ちゃんと払うもんは払うからよ」

「ま、正直、不本意だけど。これも人生経験ってことで、しゃあなしに利用してあげる」

「それともなんだ、やっぱり守ってくれる彼氏がいないと不安か？」

「彼氏……？　あぁ須藤さんのことなら違いますよ。確かに、がーねっとのことを気に入ってくれてるみたいだけどぉ。うちでは前のオーナーの時から、社内恋愛は御法度なの。それに、あの人は、がーねっとの夜の顔しか知らないから」

うふふと意味深に微笑《ほほえ》む。ようするに、須藤はがーねっとが未成年なのを知らないってことか。鎌をかけてみてよかったぜ。これはいい情報が引き出せたな。

「ま、がーねっともプロですからね。いいですよ。せっかくご指名もいただいたことですし、お二人の馬鹿すぎる頑張りに拍手ってことで、黒VIP様として、お相手させていただきましょう。それでーお飲み物はなににしますかぁ？」

「そうだな。それじゃあがーねっとのオススメを、がーねっとの分含めて三つ頼もっかな」

「ちょっ、あんたそれってお酒飲む気？　流石《さすが》にヤバいでしょ」

俺の服の裾をきゅっと掴《つか》んで、止めるべきだと訴える綾香《あやか》。

「ほんとですかぁ。わーい、だったらそこのメニューに書いてあるドンペリというのが一番のオススメ——なんですけど、今回は指名してくれたお礼にがーねっとのスペシャルカクテル作ってあげますー。特別ですからねぇ」

ルンルン気分のがーねっとは一旦席を立つと、色々な容器が置かれたお盆を持って戻ってきた。

俺達が見てる前で液体を容器に注いでシェイカーを振り、手際よく作っていく。そんながーねっとの作業姿を綾香は「ふぅーん」とどこか感心した面持ちで眺めていた。

「はい、どうぞ。がーねっとスペシャルです」

和やかな笑みを浮かべ、ソーダ色の液体が注がれたグラスが俺と綾香の前に置かれた。

「あ、ありがと……」

綾香が置かれたグラスをまじまじと見つめ、飲むべきかどうか戸惑う。

「安心してぇ。それ、フェイクカクテルだから」

そんな綾香を目に、がーねっとがくすっと笑ってぼそりと呟《つぶや》いた。

「フェイクカクテル？」

「うん。お酒に見えるようにシロップとジュースを混ぜただけの、ようは単なる味付けジュース。お仕事とはいえ、ずっと飲んでたら身体《からだ》がもたないよねっ。それにアルコールが苦手なキャストだっているの。その人達が空気を壊さずにやり過ごすため、用いられたりするんですよー。ちなみにがーねっとは、お酒が駄目な設定で通ってますぅ」

てへっとおどけてVサイン。

「ふぅーん、そういうとこはちゃっかりしてるんだ」

「当然じゃないですかぁ。酔った隙を突かれてなにされるかわかんないですよね」

「だったら、そもそもこんな店で働かなければいい話じゃ……」

「おっしゃ。それじゃぁ、無事ががーねっとに会えたことを祝してかんぱーい」

「はい、いただきます」

「か、かんぱーい」

俺の音頭にがーねっとがにこっと笑ってグラスを重ねると、そこに綾香がやや気後れしながらも続いた。

三人がほぼ同時にカクテルを飲む。

酸味と甘みがほどよくマッチしていて、美味だった。

「お、美味《おい》しい……」

どうやら綾香《あやか》も似たような感想だったようで、まるで未知との遭遇とでも言わんばかりに、驚いた顔でゆっくりと吐露した。

「ほんとう？　ならよかったぁ」

がーねっとが、手を合わせて、心から嬉《うれ》しそうにぱあっと笑みを咲かせる。それは思わず出てしまった、素直な感想だったのだろう。数口飲んだだけの俺と違って、綾香のグラスは空になっていた。

「どうします？　グラス空ですけど、よければおかわり、お作りしましょうか？」

がーねっとが優しげな口調で問うと、綾香がお菓子をねだる子供のようにちらりと俺を見やった。俺は好きにしていいぞと意を込めて、軽く笑って頷《うなず》く。

「……じゃあせっかくだから。ま、二度と飲むことないだろうし」

「じゃ俺の分も、一緒に作ってもらおっかな」

「えへへっ、ありがとうございまーす」

まるで子供が覚えたての遊戯を褒められた時みたいに、純粋で弾《はじ》けるような笑みを浮かべるがーねっと。こんな顔されたら、ここに来てるおっさん連中は、嬉しい顔して頼むだろうな。流石《さすが》はプロってか。

「それでだ、早速本題にいかせてもらうが、俺達が会いにきた理由については、もちろん見当がついてるよな？」

「うーん、そうですねぇ……あっ、もしかしてがーねっとを芸能界にスカウトとか？」

わざとらしく考えた後、ぱんと手を叩《たた》いておちゃらける。

「やっぱ、素直に辞める気はねぇってことか？」

真面目な顔で尋ねると、がーねっとは薄く笑ってふと遠い目をした。

「お二人は、こういったお店はもちろん初めてですよねぇ？」

「あったりまえでしょ。……そこの男はわかんないけど」

「俺をなんだと思ってんだ。初めてに決まってるだろ」

ま、風間南樹《かざまみなき》としては、だけどな。

「それでぇ実際に入ってみて、この空間をどう思いましたか？」

「は？　どうって言われてもさぁ……」

「なんだろうな。一言で表すなら心のオアシスって感じじゃねぇか。さっきパッと見ただけだが、お客さん達はみんな、笑顔で楽しそうに、心のままに自分ってやつを解放してるって感じだった。そういのって、やりたくてもできないのが、日常ってもんだからな」

「ふぅーん。にしたって、もっと他の手段はいっぱいありそうだけどね。後、キャバクラって高すぎでしょ。酔いが醒《さ》めたら、使った金額に笑顔じゃいられなくなりそうだけどさ」

理解に苦しむと、棘《とげ》のある口調の綾香に、俺はまぁまぁと苦笑する。

「ははっ、高いと思われてたら敬遠されてあっという間に商売なんてなりたたなくなるはずだろ。多少値が張ろうが、こうやって自分を好きに解放できる時間を求めてる人は、わりといるってことだよ。何に価値を感じるかはその人次第。俺のカードしかり、綾香《あやか》のインパクトドライバーしかりな」

「言いたいことはわかるけどさぁ……。ごめんけど、一緒にされるのは、なんか不快」

「ま、誰にだって、たまには責任だとか世間の柵《しがらみ》だとかなにもかもを忘れて弾《はじ》けたい時があるってことだ。そんな願いを叶《かな》えてくれる場所。俺は立派な仕事だと思うぜ」

「くすっ、なんですかそのまるでおじさんになったかのような、達観したもの言い。現役高校生が口にする感想じゃありませんよねぇ。風間《かざま》さんってひょっとして今流行《はや》りの転生者だったりしますぅ？」

「んなわけねぇだろ。ここに乗り込むに当たって、ボーイに怪しまれないように自分の役柄を徹底的にシミュレーションしたからな。それの余韻だよ余韻」

やっべえ。つい昔の自分に感情移入して、またうっかりヘマしそうになっちまった。

「だけど、お世辞だったとしても、そう言って貰《もら》えるとなんだか嬉《うれ》しいかも」

まるで自分が褒められたかのように、がーねっとはうふっと頬《ほお》を綻ばせた。

「まーお連れの方は、まだ低俗なイメージを、ぬぐいきれないでいるようですけど」

「ふん」

「ねぇ篠原《しのはら》さん。篠原さんは学校って楽しいですか？　今の日常に充実してますかぁ？」

「なによ突然……そりゃまぁ、友達もいるし、好き放題やらせてもらってる自覚はあるから、わりと楽しくやってる方ではあると思うけど」

「うふふっ、そうですかぁ。それはよかったですねぇ」

「な、なによ。その意味深な笑い？」

「がーねっとはですねぇ、退屈で退屈で仕方がなかったんですよ」

がーねっとが、宙をぼんやりと見上げて呟《つぶや》いた。

「授業もちっともわかんないし、スポーツや部活だとか、のめり込めるものがあるわけでもない。かといって恋愛にも別に興味なくて、こんながーねっとに、学校へ行く意味ってあるのかなぁなんて。学校と家を往復するだけの作業みたいな日々に、嫌気を起こしちゃったの。あそこにがーねっとの居場所は、あるようでないようなものだなぁって」

「学校に行く意味、ねぇ……。そんなこと、あんまし考えたことなかったかも。そりゃ行くのダルいって思ったことは何度もあったけど。普通に考えて、高校ぐらいは卒業しとかないと、ヤバそうじゃん」

綾香は真面目な顔でそう答えた。きっと大半の人は綾香と同じ意見だろう。誰もが普通のレールから外れることを恐れる。高校時代の本条大和《ほんじょうやまと》も同じだったように。

「最初はそんな退屈を紛《まぎ》らわせたくてのほんの火遊び感覚。いつもの自分じゃなくてもいい場所、学校とか世間体とは、無縁で弾《はじ》けられる世界が欲しいなぁなんて。がーねっとってば、顔だけには自信があったから。ちょっとした刺激もあって、欲しいお洋服なんかも買えて、もう至れり尽くせり——なーんて」

なるほどな。ようは自己肯定感の暴走ってやつか。誰にも相手にされなくて寂しさを感じた年頃の少年少女が、非行に走るなんてのはよくあることだ。そしてその先に行き着くのは、ほぼほぼ、どうしようもない後悔で……。

「と、そんな風に遊び感覚で始めたこの仕事ですが——やがてがーねっとにとって、心からのめり込めるものへと変化していくんですよねぇ」

当時の自分を思い出してでもいるのか、がーねっとがどこか懐かしそうに頰《ほお》を綻ばせた。

「このお店にやってくる人達はねぇ。大なり小なり癒《い》やしを求めてやってくるの。日頃、家庭や職場で吐き出せない愚痴や鬱憤の洗浄、あるいは心に溜《た》まった孤独や承認欲求を満たしにとか。キャバクラは、そういった人達の駆け込み寺みたいな感じなの。心の活力になれる場所。疲れた顔をして入ってきたお客さんが、元気になって日常に戻っていくのを見るのが、楽しくてたまらないんだよねぇ。あぁ、少しは力になれたんだなぁって」

えへへと、がーねっとが口許《くちもと》を和らげる。そういや大和《やまと》時代に聞いたことがあったな。キャバクラに行く男性は、仕事一筋な男性に比べて不倫しない傾向にあるって。それは心の発散方法を知っているからだと。

「それにがーねっとは、自分の知らないものの話を聞いたり、他人が好きなものを、いかにどこが好きなのかを聞くのが、大好きだから。自分がなにかに熱中することがない分、なにかに夢中になってる人って、それだけで素敵に映るんですよねぇ」

「ふぅーん。それがあんた自身が見つけた、夢中になれる世界ってわけ？」

「うん。お店を訪れる殆《ほとん》どの人が本音で、思うままに好きや嫌いを語って楽しそうな顔を浮かべてくれる。お酒が入ってるからってのもきっとあるけど、人にはそうやって、素の自分を解放する場所、本当の自分を見せても受け入れてもらえる場所が必要なのっ。その相手に自分を選んでくれるのは、なんだか光栄だなぁって」

　そう語るがーねっとの顔はとても活《い》き活《い》きしていて、どこかでキャバ嬢とはお金のためだけに割り切ってやってる人ばかりだと感じていた俺は、心苦しさを覚えてしまう。

「でもね、そういった癒やしを求めるのはなにも男性に限ったことではないよねぇ。キャバクラだと、どうしても男性客中心で、女性は行きづらいしー、それに騒ぐのが苦手な人だっている。だからーここで稼いだお金でゆくゆくは自分のバーを持つことが、がーねっとの夢なのっ。男女関係無く、人生に疲れた人達が心の一杯を求めて訪れては、愚痴を発散して日常に帰っていく。そんな隠れ家的お店を、いつか持てたらいいなって」

「自分のバーを持つのが夢ね。……へぇー」

　がーねっとの話を静聴していた綾香《あやか》が、どこか感心したように口を開いた。

「あんたがさぁ、ここで働くことにやりがいを持ってんのはわかった。あたしはまだ夢とか将来なりたいものとかよくわかってないからさ。そこに関しては純粋にすごいと思う」

大抵のやつはそういうもんだ。これといって将来の夢なんて呼べるものはなく、世間がいう、正しい道の流れに乗ってつかの間の安寧を覚えながらも、その実、内心では漠然とした不安に駆られながら毎日を生きている。かくいう昔の俺もそうだった。

だから彼女のように自分の進みたい道があるってだけで、それだけで立派に見え、羨ましくも映っちまう。それがたとえ世間一般的にあまりいい顔されないものであったとしても、堂々と夢を語れる人なんて、大人になってですら、ほんの一握りしかいねぇんだから。

「あ、ありがとう……。篠原《しのはら》さんが褒めてくれるだなんて、うふふっ、意外ですねぇ」

「ふん。ま、あんたがどれだけマジなのかは、見てて伝わってきたしさ」

そうやって、自分の非を受け入れて前向きに進む姿勢は、ほんと綾香《あやか》のいいところだよ。

「けど、それでもやっぱ、あたしはあんたが今、ここにいることは間違ってると思う。そりゃ、あんたはそれでいいかもしんないけど、親や周りへの迷惑だとかは考えたことある？　バレたら最悪、このお店だって営業できなくなるんじゃない？」

「綾香の言う通りだ。だからこそ俺達はわざわざこんな格好《かっこう》してまでお前に会いに来たんだ。何か面倒なことが起きて、取り返しのつかなくなる前にな」

「それにさ、あんた自身は自分を偽ってこの場にいるわけでしょ。それってなんか筋違いじゃない？」

「そうでしょ。心の内をさらけ出せる場所を求めてやってきているお客さんに対し、あんたは、高校生という後ろめたい事実を隠し接客している。それって、やっぱ不誠実じゃん」

「筋違い？」

「ふ、不誠実なんかじゃない！」

綾香の鋭い指摘に、今まで飄々《ひょうひょう》としていたがーねっとが初めて焦りの色を見せた。

「確かに、とっても広い目で見ればそうなのかも。でもでも、がーねっとにはこの店で誰にも負けないくらいお客さんを満足させようと頑張っている自信があるの。そこに年齢の差なんて関係ないよねぇ？　たかだか一、二歳程度なんてのは誤差だよ」

「は、それは全部あんたの都合でしょ。大人びた雰囲気だしてっけど、結局、言ってることは子供の駄々《だだ》コネじゃん」

「ば、馬鹿にしないで。偉そうなこと言ってるけど、篠原さんはどうなんですぅ？　親の下でないとろくな生活が送れないのは、一緒ですよねぇ？」

「ふふーん。残念でした。あたしはとっくにクソ親の下なんか離れて自立してるもんねー」

「へ……？　やっぱりパパが……」

「だ、か、ら、違うって言ってるでしょうが！　あたしは清く真っ当に生きてんの。後ろめたいことやってる、あんたとは違ってね」

「おいおい、途中からなんか単なるガキの喧嘩《けんか》になってないか？」

一触即発の空気でいがみ合う二人の間に、俺は肩をすくめて割って入った。ったく、見た目は大人で全然通用するって言っても、この光景を見るとやっぱ子供だな二人とも。

なにはともあれ、これまでの会話で、がーねっとの夜の店への熱意ってのはだいたい理解した。孤独な彼女にとって、誰かの孤独を満たすこの世界は、学校生活よりも重点を置く場所で、その比重はきっと、俺達が何を言ったところで、変わることはねぇだろう。

だったらそれらをふまえた上で、ここはいっちょ俺なりのやり方で、がーねっとの視野にはない、ここを辞めていいと思えるような、第三の選択肢を作り上げるまでってな！

「なぁがーねっと。お前は人の心を癒《い》やすこの仕事にやりがいを感じていて、いずれは自分でも店を持ちたいと思っている——で、いいんだよな？」

「うふふっ、そうですよぉ」

「そうか。だったらこっからは、ビジネスの話だ」

「ビジネス？」

「ああ、そうだ。なんせ今の俺はヘッドハンティング会社、リサーチ＆コネクトの社長だからな」

勝ち気ににっと笑って、変装用に作った名刺を高らかに取り出す。

「もう一度聞くが、お前の夢はバーテンダーになって店を持つ、であってるんだな？」

「うん。あってますよぉ」

「実は俺の知り合いに、バーのマスターをやってる人がいてな。歳《とし》も歳だからそろそろ後継者を探したいって、相談を受けててさ。俺が話を通してやるから、お前よかったらそこで修行してみる気はないか？　お前の気力次第では、店を継がせてもらえると思うぜ」

この後継者云々《うんぬん》の話は全部本当だ。そのバー・月影《つきかげ》というのは、俺が酒好きの闇医者・霧子《きりこ》に連れられてよく通っていたバーであり、マスターとも交友が深いどころか、実は俺の正体を知る数少ない一人だったりもする。

もっとも、相談されていたのはこんな姿になる前の話ではあるが。

事後承諾になっちまいはするが――ま、あの人なら悪いようにはしないだろう。ハッタリで自分を大きく見せ、目の前の真実をより魅力的に捉えさせるのも俺の得意戦術の一つ。

霧子は安寧の地に知った顔がいることを、嫌がるかもしれねぇけど。

「はえっ？」

俺の提案に、笑顔だったがーねっとは、鳩《はと》が豆鉄砲を食ったようにきょとんとなった。

「えっと……冗談、だよね？　それとも、二人は本当にこの会社を経営してたりするの？」

「いんや。これはこのお店に入るためのフェイク。リサーチ&コネクトなんて会社は最初から存在しねぇよ。――だが、バーの件や後継者云々については紛《まぎ》れもなく本当の話だ」

「またまたぁ、なんで未成年の貴方《あなた》にバーのマスターなんて知り合いがいるんですか？

いたとしても、そんな後継者がどうだとか、子供に相談しないよねぇ」

「普通はな。が、相手は俺だぞ。未成年の身分で、入手困難なＶＩＰカード片手にキャバクラに堂々と乗り込んでくる——な。どうだ、これでもまだ、説得力にかけるか？」

含み笑いを浮かべると、俺は改めて真剣度が伝わるようにじっとがーねっとを見やった。

「で、どうする？　ここを辞める代わりに、俺はお前の夢に近づくお膳立てをしようって言ってんだが。リスクって観点から見ても、断る理由はねぇんじゃないか？」

揺らいでいるのか、顎に手を当て、がーねっとは悩むように顔を俯《うつむ》けた。

「……ねぇ、一つ聞いていい？」

「ん、なんだ？」

「それをして、お二人にどんなメリットがあるの？　リサーチなんちゃらって会社が存在しないのなら、別に利益が生まれるわけでもないんだよねぇ？」

「ま、そうだな。ちなみに利益云々《うんぬん》の話をするなら、ここに来るのにスーツを仕立てたり、この名刺を作ったりしたから、作業時間まで考慮すると超超大赤字だよ」

「じゃあ、尚更《なおさら》なんで？」

「綾香《あやか》の提案だよ。危険と隣合わせのがーねっとをこのままにしておくわけにはいかない。かといって間違ってるから正して終わり——ではなく、本人が納得するような新しい道筋を示してあげること。それが本当の人助けなんじゃないかってな」

「篠原《しのはら》さんが……」

「あぁ。俺はそれに賛同して、手を貸しただけだ」

「そう、なんです……？」

「ふん。ま、余計なお節介ってなら、あたしは別に断ってくれてもいいんだけどね。いずれあんたが泣《な》き喚《わめ》いて後悔するだけで、あたしには全くデメリットはないんだし」

ツンとした態度で、綾香がそっぽを向いた。ったく、あまのじゃくなやつだな。

「で、改めて聞くけど、どうする？」

「えっと、うーん、そーですねぇ……」

がーねっとは困惑した顔で少し考えた後、決意を固めたように強く頷《うなず》いた。

「――うん。お二人のこと、信じてみようかな」

「いいのか？　俺達が言うのもなんだが、思った以上にあっさりしてるというか」

「うふふっ、そうですね。でも自分のことを嫌ってるはずの人が、がーねっとのことを考えてここまでしてくれるって、なんかそれだけで信用できるかもって。だってもしがーねっとを陥れようとしてるつもりなら、もっと友好的な態度で近づくよねっ」

がーねっとが軽快に笑うと、綾香はけっと顔を背けた。

「それに正直に話すと、このまま須藤《すどう》さんのもとにずっといるのはまずいかもというのはあったんですよねぇ。須藤さんってば、がーねっとにお熱でしょ。おまけに最近一段と気が強くなってる感じがして。このままだといつかオーナーの権威を盾に強引に襲われるんじゃないかって。ちょっと怖い部分はあったんですよぉ」

「ふぅーん。その辺の貞操観念は、ちゃんと持ち合わせているんだ。なんか意外」

「まったく、篠原《しのはら》さんはがーねっとをなんだと思っているんですか。がーねっとを雇ってくれた、前のオーナーがいたころはよかったんですけどねぇ。キャストとの恋愛禁止ってルールを、徹底してくれてましたし」

「へー前のオーナーがねぇ……」

「ということで、せっかくだから利用させてもらいますっ。やっぱなしは困りますからね」

「おう、任せとけ。お前の勇気ある決断、絶対に後悔させねぇよ」

あどけなく笑って念を押すがーねっとに、得意げににっと笑って応える。これにて商談成立ってか。なにはともあれ、予定通りことが運んでほっとした。

いや、寧《むし》ろ俺にとっては、こっからが本番か。

「ただー、その代わりといっちゃなんだが、俺からも一つお願いをしてもいいか？」

「お願い、です？　まぁがーねっとにできることであれば……」

「なぁがーねっと、俺と睡蓮《すいれん》学園で友達になってくれねぇか？」

「ふぇっ、がーねっとと友達に、ですか？」

唐突な申し出に、目を丸めてきょとんとするがーねっと。ま、無理もねぇよな。

「えっ………？」

が、何故《なぜ》か当の本人よりも、隣にいた綾香《あやか》の方が口を半開きに、一段と驚いている。

「あまり堂々と言えた話でもないんだが、実は俺、あの学校で浮いててさ。あぶれもの同士、仲良くできないかな、なんてな」

周囲に馴染《なじ》めず、なにも楽しくない学校に疎外感を覚え、代わり映えもしない日常に嫌気が差したことが、彼女が夜の街に興味を持った理由だと語っていた。

俺が、この二度目の高校生活で目指しているのは、学校に行くのが楽しくてたまらない青春で、そのためには、気の置けない仲間が必要不可欠な存在だ。

この二つって、リンクしているって、そうは思わないか？

「ここまで互いに、公には言えねぇような秘密を共有しあった仲なんだ。今更、余計な遠慮する必要もねぇし、気も楽だろ。ないなら俺達で作ろうぜ。学校を楽しいって、辞めたいなんて二度と思わなくなるような、そんな居場所をさ。自分達が普通と違うってなら、その普通のやつらよりも青春を謳歌《おうか》しないと。負けるのは癪《しゃく》だろ」

発破を掛けるように、俺はにっと強く笑った。

それと、亜門《あもん》にも、がーねっとを紹介してやりたいって思ったんだよな。

どうにもこの二人は、似た感性と悩みを持ってる気がしてならない。友達を表面上だけのガラス細工みたいに脆《もろ》い関係と嘲笑して拒絶し、自分の世界に閉じこもっているきらいがあるあいつに、まだまだ世の中、捨てたもんじゃないって思って欲しくて。

「風間《かざま》さん……」

瞳をうるっとさせ、なにかを思うようにまじまじと見つめるがーねっと。

と、その直後。

「——南樹《みなき》のばかぁ!!」

突然の怒号に俺は「へ？」と口を半開きにしたまま唖然《あぜん》となって振り向く。

すると、そこにはふんすと肩で息をし、涙目で怒り心頭な様子の綾香《あやか》がいて、

「ば、ばかって？　いきなりどうしたんだよ……？」

「そりゃばかだからに決まってんじゃん。あたしは面倒を見てあげてほしいとは言ったけど、心を通わせろとは言ってないし。嘘《うそ》つき！」

「う、嘘つき？　まてまて話がちっとも見えてこないんだが——」

「というか、なんであたしがダメなことを、その女は許されるの？　意味わかんないし。やっぱ好みだから？　かわいいから？　そうだよね！」

びしっとがーねっとに指を差し、非難の言葉を飛ばす。

「そりゃあたしが横にいるとやりづらいもんね。これだってあれでしょ。南樹お得意のグレーなやり方で、約束は守ってるとか、ドヤ顔で言ってくるやつでしょ？」

誰か教えてほしい。なんで俺は今、こんなにも怖い顔で責められてるんだ？

そう、呆然《ぼうぜん》としたまま思考が纏《まと》まらずにたじろいでいると、

「——おい、一体なんの騒ぎだこれは？」

綾香の怒号にただならなさを感じたのかスーツ姿の男が声を荒らげて部屋に入ってきた。

「げっ……」

その闖入者《ちんにゅうしゃ》の顔を見た瞬間、俺は顎が外れそうになるくらいに絶句した。

須藤《すどう》のやつ、もう帰って来たのかよ……。

「お前らあん時の……おい、ガキの分際で一体どうやって俺の店に入った？」

想定外の光景だとばかりに息を呑《の》んだ須藤は、やがてギロリとサメが獲物を狙うような獰猛《どうもう》な目で、俺と綾香を交互に睨《にら》んだ。

「よくわからんが、この俺をコケにしてくれたのは確からしいな。偶然かどうかは知らねえが、俺のいない日にがーねっとを指名だとか——おい、こんなことしでかして、ただですむとは思ってねぇよなぁ!!　この落とし前、どうつける気だ。あぁん」

般若《はんにゃ》の如《ごと》く顔を歪《ゆが》めて怒鳴り声を轟《とどろ》かせた。その暴力に訴えることをいとわないと言わんばかりの威勢に、綾香の顔が緊張でびくっと強張《こわば》る。俺はそんな彼女を安心させて守るように前に立って、須藤と相対した。俺がたかだかヤクザの恐喝程度でビビると思うなよ。

「まぁまぁ、今の俺達は、まがりなりにもお客さんとしてここにいるんだ。払うものはちゃんと払うし、それで何も文句はないだろ？」

「だ、か、ら、その舐《な》めた態度が気にくわねぇって言ってんだよ!!」

怒鳴り声を上げて唾を飛ばし、ドンと勢いよくテーブルを蹴り上げる。

「お前、誰にそんな口利いてんのかわかってんのかぁ？　二度も俺の女にちょっかいかけようたぁ、このままただで帰れるとは思ってねぇよなぁ！」

ったく、なにガキ相手に顔真っ赤にしてマジになってんだか。面子《メンツ》がかかってるのかもしれないが、店内には少なからず他のお客さんだっているはずだろ。その対応は、オーナーとしてどうなんだよ。おまけに、がーねっとのことを俺の女って……。

ま、こうなった以上、ここには長居できねぇな。血気盛んなヤクザの集団に囲まれたりでもしたら流石《さすが》の俺でもやばい。目的は果たしたのだから、さっさとお暇《いとま》するとしよう。

で、問題なのは、今にも殺しにかかってきそうな須藤《すどう》相手に、どうやって綾香《あやか》を連れて無事に脱出するかだが……。

「もーう、須藤さんってばそのくらいにしときましょ。この方達は、黒ＶＩＰの神客様なんですからぁ」

あれこれ知恵を絞っている中、ふとがーねっとが、猫なで声を上げて、俺達の間に入ってきたかと思うと、なにやら須藤に耳打ちし始めた。

「なにっ、こいつらが例のカードを？　……このガキ、一体何者だぁ？　ひょっとしてどこぞのボンボンかもしくは……ちっ、荒事を起こすにはちょいとリスクがありそうだな。

おいガキ共、がーねっととVIPカードに免じて、今回だけは見逃してやる」

思案顔になった須藤が、少し残念そうにしつつも怒りの矛を収めた。

どうも黒VIPを俺達が所持してると知った途端、急に態度を改めたって感じだったな。須藤にとって、このカードの発行者の前オーナーとやらが余程の存在なのか。或《ある》いは……。

ま、なにはともあれ、穏便に済みそうなのはラッキーだ。ことと場合によっちゃ、綾香に作ってもらった、念のための保険を出すハメになりそうだったしな。

そう内心でほっとしたその直後、須藤はその仁王像みたいな渋面を、ずいっと俺の鼻の先まで近づけてきて、

「わかってるとは思うが、三度目はねぇからな。次は殺すぞ。おい、お客様がお帰りだ」

鬼神のような迫力ですごむと体勢を戻し、俺達に店を出ろと顎でくいっと促した。

俺達はがーねっとに先導されて店の入り口へと移動する。その間、綾香はなにか言いたげにむすっとした表情のままで——俺にとっちゃこの謎の怒りが一番怖いんだが……。

「——ありがとうございましたぁ」

自ら率先してレジ先に立ったがーねっとが、会計の対応をし終えると、にっこりと微笑《ほほえ》んだ。遠目には、須藤が店の奥から顔を出して腕を組み、とっとと失《う》せろとばかりに、ずっと俺達のことを睨《にら》んでいる。

綾香は一足先にお店の外に退出させていた。いつ須藤の気が変わって襲ってくるか気が

知れない以上、いつでも助けを呼べる状態にしておいた方がいいからな。その趣旨を伝えたところ、綾香《あやか》は不満そうな顔のまま「ん」とだけ相槌《あいづち》を打って外に出て行った。

ほんとあの時、何が綾香の逆鱗《げきりん》に触れたってんだよ？　この後を考えると胃が痛い。

「助かったよ」

財布をしまいがてら、須藤《すどう》に聞こえないように、小さくお礼を言った。

「どうもどうも。……例の話、期待してますからね」

がーねっとはにこやかに手を振りながら、背後の須藤を考慮して小声で呟《つぶや》く。

「あぁ。任せとけ」

ただ、次にどうやってがーねっととコンタクトを取るかは真面目に考えねぇとな。

お冠な須藤を見るに、ここにはもう迂闊《うかつ》に近づけないだろうし。

「それとー、さっきの話。いいですよ」

「ん？」

「いやですねー。お友達になろうって話に、決まってるじゃないですか」

「なにっ、本当か？」

「はい。ですから学校でのがーねっとのこと、ちゃーんと見つけて、お声かけてきてねぇ。楽しみにしてますから」

甘く耳打ちしたがーねっとは、最後に蠱惑的《こわくてき》に微笑《ほほえ》んだのだった。

○問題児達の裏と表

ひょんなことから始まった、大和《やまと》時代からの知り合いであり、実は女子高生だったキャバ嬢、がーねっとにお店を辞めさせる件は、いよいよ大詰めになってきていた。

既にバーのマスターにはがーねっとの件を打ち明けてあり、結果は予想通りの好反応。

後は彼女に、このことを話せば万事解決に進むのだが——そうするにはまず、学校でのがーねっとに出会う必要があった。別れ際に放った彼女の一言から察するに、存在しないのと同じだと自嘲していた、学校での自分を見つけ出してほしいってことだろう。

あの期待していたような調子のよさからして、それが、がーねっとと友達になるための条件ってとこか。

が、依然として、睡蓮《すいれん》学園での彼女の姿には、皆目見当もつかないままなんだよなぁ。

だからと言って、あれこれ机上の空論を並べているのは絶対に時間の無駄でしかない。

効率にはかけるが、もう一度全校生徒の顔を見て、がーねっとに近しいと感じる女生徒に目星をつけるところからか。よし、そうと決まったら善は急げってか。

昼休み。そう決意した俺は席を立つ。がーっと椅子のずれる音が、静かな室内に響いた。

そう、昼休みだというのに、今日の教室内はまるで試験前のように、しんと気の張った感じで静まり返っていた。

普段通り仲のいい友達同士で集まりつつも、誰もがまるで猛獣と遭遇したかのように、過度な刺激で余計な被害を招きたくないとばかりに、努めて静かにしている。

……まぁ、クラスのみんなが萎縮している理由は明らかだった。

このクラスの女王様的存在である篠原綾香《しのはらあやか》が、腹の虫が治まらないとばかりに腕を組んで、不機嫌そうなオーラをまき散らしているからに他ならない。

「ど、どうしたんだろうね篠原さん？　今朝からずっとあんな感じだけど……」「なんか聞いた話だと、太客のパパ活相手に逃げられたらしいよ」「しっ。そんな話、篠原さんの耳に入ったらどうすんの？」

ひそひそと、憶測で原因を模索するクラスメイト達。

実は昨日、ジュエボで謎の癇癪《かんしゃく》を起こして以降、綾香はずっとあの調子だったりする。

朝の食事中に喋《しゃべ》りかけても「ん」とか「そう」だとか生返事ばかりで、ほぼ口を開いてくれない。どうにもあの時、綾香の逆鱗《げきりん》に触れた何かが、彼女の中で相当、尾を引いてるらしい……。こんなこと、一緒に住んで以来、初めてだ。いったい、どうしたってんだよ？

「なぁ篠原、どうしたんだ？　今日は朝からずっと調子悪そうにしてるみたいだけど」

そんな中、勇者深見《ふかみ》が爽やかスマイルを浮かべて先陣を切った。

「せっかくの美人がだいなしだよ。な、俺でよければ、話聞こうか？」

「あ？」

綾香が鬼のような形相で睨《にら》む。

「あんたには関係ない話だからさぁ、頼むから放っといてくれる？」

「ご、ごめん……」

しょんぼりとうな垂れ、深見はあえなく撃沈してしまった。

綾香には悪いが、今は状況的にがーねっとの方を優先すべき、だよな？　綾香とは家でも――いや、寧《むし》ろ家じゃないと込み入った話ができねぇわけだし。

などと心の中で謝罪しながら、教室の外へと向かう。

「風間《かざま》君。珍しいね席を立つなんて。どこに行くの？」

と、入り口の少し手前で、亜門《あもん》が話しかけてきた。

「えっとな……この間の続き的な？」

「それって、例のシンデレラ捜し？　――へぇ。まだ諦めてなかったんだ」

どこか嬉《うれ》しそうに口許《くちもと》を和らげる。

「面白そうだし。私もついてく」

「へっ？」

「いいでしょ？　この前も一緒にいた私も見た方が、変化に気付きやすいよ」

「そりゃ一理あるが……」

「でしょ。じゃ決まり」

なんだ？　今日は柄になく自己主張が強くねぇか？

「決まりって、まだ俺は何も……」

謎にやる気な亜門《あもん》に困惑していたその時、

――ゾゾゾッ⁉

急な悪寒が背中にぞくぞくっと走った俺は、半ば反射的に振り返った。

「うおっ⁉」

眼前にあった圧に、思わず仰《の》け反《ぞ》る。

なんか綾香《あやか》が、人殺しのような顔で睨《にら》んでいるんだが。

「？　どうかした風間《かざま》君？」

「あいやその……」

「――あのさーお二人さんさー。空気読んでよねー」

困惑していると、高槻《たかつき》が意地悪そうな笑みを浮かべて、俺達の間に入ってきた。教室が静かなのもあって、どうにも余計な注目を浴びちまっていたらしい。

「どういう神経してたら、今ここで、いちゃつけるわけ？　ありえないんですけどー」

「あのな高槻、俺達は別に、いちゃついてたわけじゃ――」

「そうですよ。これはわたしもどうかと思います！」

俺の弁明を遮り、眉をむっとさせた桜宮《さくらみや》が、剣呑《けんのん》な表情でそう言い放った。普段自己主張の強い方ではない桜宮が加勢に入ったことで、クラス内に、まるで俺達が悪者かのような視線が刺すように降り注ぐ。

さてはこいつ、いい機会だから裏の顔を見た俺達を、ここで社会的に抹殺しようって魂胆だな。なんていい性格してやがるんだ。

その片隅では、篠原《しのはら》グループで一人取り残された若菜《わかな》が、どうすればいいのかわからないといった様子でオロオロとしていた。この人はきっと、純粋にいい人なんだろうな。

「それ、私達にいったいなんの関係があるの？」

そんな中、亜門が周りの目など一切気にせず、淡々とした表情で言葉を放った。

「クラスメイトというのは平等な存在よね。何故《なぜ》、篠原さんの機嫌一つで教室内に禁則事項が生まれるのか、理解に苦しむ」

「そ、それは……」

まさか言い返されるなんてと言わんばかりに、高槻が目を丸くさせてたじろぐ。それは、他のクラスメイト達も同様で、あの物静かな亜門が——と、ざわつきを見せていた。

「ほら、理論的に言い返せない。それじゃ、私達は忙しいから。行こう風間君」

「えっ、あ、おう」

背を向けて一歩踏み出す亜門。その姿を目に、高槻が慌てて引き止めに入る。

「ちょっ、まだ話は終わってないんだけど——」

「……はぁ。悪いけど、もう我慢の限界」

と、その最中《さなか》、小さくため息をついた綾香《あやか》が、ピリついた空気を纏《まと》って立ち上がった。

高槻《たかつき》がお前等《ら》死んだなとばかりにあざ笑い、片や桜宮《さくらみや》が暴力はいけませんと言いたげな、心配そうな表情で見守る。こいつ、ほんといい性格してやがんな。

「あんさ、ここだと周りがうるさくて目障りだから。ちょっと面かしてくんない？」

苛立《いらだ》ちの籠もった顔で俺達を睨《にら》み付《つ》け、親指をくっと後ろに向け外に出ろとのサイン。

「……わかった」

こうなった以上、なるようになるしかねぇか。

「ん。もちろん、あんたもね亜門《あもん》」

「私も？」

「当たり前でしょ。ほら、さっさとついてくるし」

教室を去った俺達は、不機嫌オーラ全開の綾香に連れられて移動する。

そうして辿《たど》り着《つ》いたのは、教室等からは離れた、普段は使われていない空き教室だった。

「ふぅ。これでようやく腹割って話せるし」

空き教室のドアを閉めた綾香が、辺りをキョロキョロ見回して念入りに人気がないのを確認すると、ぎろっと敵意剥《む》き出《だ》しに——何故《なぜ》か亜門の方を睨んだ。

「あんたってさぁ。やっぱこいつに気があんの？」

あ、あれ？　昨日の件で、俺に怒ってたんじゃないのか？

「こんな場所まで連れてきておいてそんな話？　貴女《あなた》も高槻さんと同じように、陰キャや陽キャがどうとかで他人の交友関係に口を挟むと言うなら、それはお門違いもいいところ」

「は？　もうそういうのはいいって。あんたはとっくに、あたしと凧——南樹《みなき》の仲について知ってるくせしてさあ」

「は？　お、おい篠原《しのはら》？」

お前、急にどうしたってんだ？

「悪いけど南樹、あたしもう我慢の限界だから。あんたとこいつ——が一ねっとがいい感じになってくのを、あたしには黙って見てることなんてできないし！」

亜門に指を差して、綾香が憤りをぶつける。

「…………は、はぁ？」

俺は、話が全く飲み込めずに唖然《あぜん》となった。

「ちょ、ちょっと待て、今なんて……？」

「だ、か、ら、あたしはダメなのに、この女、が一ねっととは友達になろうとしてるのが面白くないって言ってるの！　それこそ、クラスメイトは平等であるべき！」

「ちょっ、一旦落ち着け。まずその、亜門がが一ねっとってのは一体どういう発想だよ」

「発想もなにも事実じゃん。昨日、友達になりたいと言っていた子と、楽しそうに喋《しゃべ》ってる。ほら、逃れられない証拠」

「証拠っておい……。ほら、わけわからないことで迫られて亜門《あもん》が一番困惑しているだろ」

一人おいてけぼり状態になっているだろう亜門が申し訳ないと、一瞥《いちべつ》する。

「う、嘘《うそ》でしょ………？」

すると亜門は口許《くちもと》を手で覆って、絶句していた。

そう、まるで綾香《あやか》の言葉がその通りだと答え合わせしているように。

「は………？」

なんだその反応？　ほんとの本当に、がーねっと＝亜門静代《しずよ》だとでも言うのかよ？

「ど、どうしてわかったの？　私ががーねっとだと……？」

「は？　なにさ、そのバレてると思ってなかったみたいな顔。まー確かに、さっきの様子からしても、クラスの連中はあんたのこと見た目通りの芋女だと下に見てるっぽいけど、あたしらの目は誤魔化《ごまか》せないっていうか。あんたが実は学園一を狙えるくらいの美少女だって、あのクラスであんたを一目見た時からずっとわかってたし」

ふふんと鼻を高くした綾香のしたり顔が、不意に俺へと向けられる。

「ね、南樹《みなき》」

ということはなんだ？　この数日間俺を悩ませていた存在は、普段何食わぬ顔で俺と会

っていて、あまつさえ本人捜しに同行してきていたと。んな馬鹿な？

それが事実だとしたら、俺は一体どんだけ間抜けなんだよ!?

「…………いや、正直、俺も今、初めてその事実を知って、くっそ驚いてんだが」

「へ…………はぁああああ――!?」

目を泳がせ、申し訳なさそうにぼそっと呟《つぶや》くと、綾香《あやか》は信じられないと両目をかっぴらいて、俺にぐいっと詰め寄った。

「馬鹿なこと言わないでよ!?」

「んなこと言われてもなぁ。こんなんわかるわけ――ってかなんだ、ようするに綾香は、初めてがーねっとを見たその時から、ずっと亜門《あもん》だって気付いてたってことなのか？」

「そうだけど」

「そうだけどって……。いやいや最初に見覚えがあるか尋ねたら、心当たりはない的な返事してなかったか？　気付いてたのなら、あの反応はおかしいだろ？」

「あーあれはてっきり、亜門がキャバ嬢やってる理由について聞かれてたのかと思ってた」

そっちかよ！

「つーかそれを言うなら、あんただって、コンビニのカメラでこいつの顔見た時、めっちゃ驚いてたじゃん。あれって、あたしと同じで見知ったクラスメイトが出てきたからじゃなかったの？　赤の他人で、あんなマジかみたいなリアクションにはならないでしょ普通」

「あ、あれはだなぁ……どんなメンヘラ地雷系女子が出てくるんだと思ったら、アイドル顔負けのやつが出てきたから、想像との差があまりにもで純粋にビックリしてただけっつーか——ほら、たまにAVでめっちゃ可愛《かわい》い子が出てくると、なんでこんなかわいい子がAVに……って気になる時あるだろ。正にそんな心境だったというか」

言えるわけねぇよなぁ。本条大和《ほんじようやまと》時代の知り合いが出てきて、度肝抜かれてたなんて。

「し、知らんしそんなこと！　最、低」

顔を真っ赤にした綾香に、至極軽蔑された態度で勢いよく足を踏んづけられた。ふぅ、片足を犠牲になんとか誤魔化《ごまか》せたぜ。いってぇ！

「それにしても、よくここまで、互いの齟齬《そご》に気付かなかったもんだよな。亜門ががーねっとだと気付いていない俺はともかく、気付いてた綾香の方は、どっかで亜門ががーねっとだって話を、ポロッとしてもおかしくなかったってのに」

「ん？　あーそれはさぁ。あたしは南樹《みなき》が亜門をがーねっとだと知った上で、学校やお店にバレちゃヤバいから穏便に進めようと、あえて触れないようにしてるんだなって思ってたっつーか。だったらあたしも、南樹の方針に合わせるべきかなぁって」

「な、なるほど。ようするに、俺に何らかの考えがあると思ってたってことか」

ＶＩＰカードを手に入れジュエボに潜入した時や、遡れば綾香をヤミ金から救った時もそうだったように、綾香は妹になってからというもの、俺がいくら一高校生の範囲内から逸脱した行動を取ろうとも、基本的に、俺から打ち明けてこない以上は、深く追求せずに尊重するスタンスでいてくれている。信頼されている証だと自負していたが——どうにも、今回は、そこに甘えすぎていた部分が仇《あだ》となったみてぇだ。反省だな。

「……はぁ。ようするに南樹《みなき》ってば、あたしと違って、ずっとがーねっとが誰だかわかんないまま、あんな必死にキャバ嬢辞めさせようとしてたってこと？」

「……そうなっちゃうみてぇだな」

「ってことはなに？　全然知らない人のために、スーツ作ってキャバクラに突入とかやったり、あんなヤクザに喧嘩《けんか》売るような真似《まね》までしてたっての？」

「……ま、そのなんだ、異論はねぇ」

厳密に言うなら、風間《かざま》南樹としては、になるが。

「もう。そんなのありなわけ？　あたしはてっきり、惚《ほ》れた女の子のためだからこそ、あんなにも熱心になってるんだとばかり——あっ」

綾香《あやか》が、これは言うつもりなかったとばかりに、慌てて自分の口を塞いだ。

「ん？　あーそういう……」

なるほど、今の綾香の言葉でようやく合点がいった。

つまるところ、最初から亜門《あもん》をがーねっとと認識していた綾香にとっての俺は、最近仲良くなった美少女の危ない一面を知ってしまって、このままだと危険だから助けたい——

的な、漫画でありそうな展開にでも映っていたってことか。

なんじゃそりゃ……。けど、どうりで所々、噛《か》み合《あ》わなかったわけだ。あの惚れたらどうとかいう意味不明な約束にも、ようやく合点がいったよ。

「にしても、そんなに俺と亜門が仲良くなるのが嫌だったのか？　そういや、俺が亜門と学校で話すようになり始めた頃から、妙にあたりが強い時があったような」

「そ、それは……わっかんないし」

「は？」

「あたし自身だってよくわかんないの！　ただここ最近のあんたってば、口を開けば亜門の話ばっかだったじゃん。それ聞いてるとめちゃモヤるっつーか、こうつまんなって」

「ん？　あー確かに亜門とがーねっとが同一人物だった以上、そうだったかもしんねぇな」

「それでもさ、亜門をあの店から辞めさせたら、過度に絡む必要もなくなるし、それまでの我慢って割り切ってたのにさ。南樹が昨日、亜門と友達になりたいって言った時、なんか裏切られた気分になったっつーか。んでまぁ。気付けばこう、爆発してた的な……」

ああ。だから嘘《うそ》つきか。綾香には、俺が好きな女の子に迫っているように見えたと。

「南樹と亜門が出会うまでの、あたしとあんただけの時間はもう戻って来ないのかなぁって……嫌だったんだもん」

指先をもじもじと、綾香は真っ赤になった顔を俯《うつむ》かせ、気恥ずかしそうに告げた。

「お、おい。それってつまり――」

「……うぅ」

「兄を他人に取られそうで、面白くなかったってこと、だよな？」

「…………へっ？」

俺はふと、篠原綾香《しのはらあやか》の生い立ちを思い出す。

唯一の肉親だった綾香の母親は、実の娘を放っておいて、自分の恋愛を優先するような最低のクズだった。それで綾香は、家にずっと独りぼっちで寂しい思いをしてきたのを知っている。おかえりやいただきますなど、家で家族と交わす何気ないやり取りが新鮮で心地よいと思えるくらいに、家族とのぬくもりに飢えていたことに。

そうか、そうだった。こいつにとっての恋愛とは、大切な人を奪った憎き存在だ。

また同じようなことが起きるんじゃないかって、家族が他人を優先して独りぼっちになることに、焦りと憤りを覚えたってことだよな。見た目や考えが大人びてるせいで忘れそうになるが、綾香だってまだたった十六の――家族愛に飢えた普通の女の子なんだ。

だったら、ここは兄として、余計な心配は取り除いてやるべきだよな。

「わかった。なら、こういうのはどうだ？　綾香に好きな人ができるまでは、俺も恋愛にうつつを抜かしたりはしない。お天道様に誓って約束するよ」

いつか綾香が恋愛に興味を示し、心の底から一緒にいたいと思うパートナーに出会うまで、俺が傍《そば》にいてやる。だから安心してくれと、俺は誇らしげに笑って見せる。

「――それ、絶対だかんね！」

想像以上の食いつきを見せてきた綾香が、俺の手をぎゅっと握って念を押してきた。

「あたしに好きなやつができるまでは、ずっと優先的に一緒にいてくれて、あたしのやりたいことや行きたいとこに付き合ってくれる。……破ったら泣くし」

「な、泣くって大袈裟《おおげさ》な……。そんなのお前のプライドがまず許さねぇだろ」

「そ、そんくらいマジで困るって話。で、約束、してくれるの？」

「ま、まぁな。俺から言い出したことだし、もちろん男に二言はねぇよ」

なんか、話がしれっと誇張されてたような気はするが。ま、いっか。

「……あんがと。素直に嬉《うれ》しい、です」

照れくさそうに頬《ほお》を染めた綾香が、手を握る力をちょっと強め、しおらしい態度で呟《つぶや》く。

「――と、まだ亜門《あもん》の件が残ってたんだった」

らしくない空気を誤魔化《ごまか》すように焦り気味にそう告げると、綾香が亜門に目を向けた。

「ねぇあんたさぁ、いつまで呆《ほう》けてる気？」

「――はっ⁉」

綾香の指摘で我に返った亜門は、困惑した表情で俺達と向き合った。

「……嘘《うそ》よね？　最初から篠原さんが、がーねっとを私だと気付いていただとか。くだらない冗談はよしてくれる？　どうせがーねっとの正体を突き止めるために、私が家に帰るまで尾行してたとか、そういうことなんでしょう？」

攻撃的な表情で、亜門《あもん》はすらすらと言葉を放った。その、今までとはまるで変わった亜門の様子に、俺は息を呑《の》む。よっぽど混乱しているのか、口調もなんかいつもと違う。

「は、あたしがそんな回りくどいこと、するわけないじゃん」

「じゃあどうして――」

「どうしてもなにも、事実なだけだし。だいたいあんたも、そこまで徹底して陰キャ演じる気はなかったんでしょ。けど、もし違って、ガチで自信あってショック受けてんだとしたら、ごめんけど結構無理あると思う」

「無理？」

「いい？　いわゆる陰キャなやつってのは、単に見た目だけじゃなく、性格や仕草だとか、色々と混ぜ合わさって、陰キャって感じになっちゃってんの。そいつらと比べると擬態すんの下手すぎ。あたしから言わせれば、逆に目立ってたまであるってか」

「それ、どういうこと……？」

「は、なにそのガチでビックリしてるような反応？　あんたもしかして、スカートの丈長くして眼鏡で顔隠してぼそぼそ喋《しゃべ》ってりゃ、陰キャになりすませるとでも思ってたの？　陰キャのことナメすぎ。まず髪、めちゃサラサラじゃん、肌も羨むくらいにすっげーつやつやだし。おしゃれに無頓着な見た目のそれとは、釣り合ってないわけ」

綾香《あやか》の指摘を受け、亜門が「えっ」と困惑した顔で自分の身体《からだ》を見回す。

「後、姿勢。いい、陰キャってのは自分に自信がないのが表面に表れてるってか、猫背気味なやつが多いの。あんたそいつらと比べて、シャキッとしすぎでしょ」

それはあれか、俺が以前に指摘されたやつ。

「……私のこと、普段からそんなに詳しく見ていたの？　まるで私に興味があったみたいに……？」

「新クラスが始まった時ってさ、どんなポジションに落ち着くか、誰とつるむかで色々と値踏みするじゃん。今後自由に振る舞えるように、あたしがそのグループに核ポジで居座るのは前提として、どうコミュニティを形成するか。誰に声を掛けるのが有益で、誰を敵に回したらやばそうとか。そいつらに、あたしがボスだって思わせるには、どうアクションするのが最適なのか——とかさ」

「は、はぁ……？」

得意げな顔した綾香のご高説に、亜門はよくわからないといった様子で顔を顰《しか》める。

「で、そんなこと考えながら教室を見回してた時、真っ先に飛び込んできたのがあんただった。男子の馬鹿共の目を引きそうなほどの美人で、おまけに芯の強そうな——正直あたしのポジションを脅かしそうな存在。なのにあんたってば、私に構うなって感じに変装までして距離置きにきてるから、同世代と関わることに興味無いのかと思ったたっつーか――正直ほっとした」

「ほっとした？」

「だってさ、もしあんたにあのグループのリーダーポジ取られちゃってたら、今ほどあたし、あのクラスで自由にできてないわけでしょ。面倒で行ってない集まりにも適度に顔ださないと、ノリが悪いだの勝手なこと言われるし。かといって、孤高気取るのもそれはそれで寂しいってか。やっぱなんだかんだ言いつつ、誰かと適度には繋《つな》がってたいし」

あたしはそこまで強くないと言わんばかりに、綾香《あやか》が自嘲して肩をすくめる。

「だから亜門《あもん》は、あたしとは違って孤独でも平気な強い人で、正直、群れることでしか安心感を得られないあたしは、内心で馬鹿にされてそう――って、一方的に嫉妬してた」

「篠原《しのはら》さんが、私に嫉妬？　冗談でしょ？」

「マジのマジ。人間関係だの世間体だの一切気にせず、悠々自適に生きているように見えるあんたが、あたしには羨ましくてしょうがなかった」

少しムッとした顔で、綾香が鋭く言葉を飛ばす。

「そんなあんたが、授業でペアになったのをきっかけに、急に南樹《みなき》と仲良くなり始めた時はめっちゃ焦ったっつーか。そこに加えて、がーねっとの件でしょ。この人はあたしにないもの全部持ってるくせに、その上、運までいいとか、そんなのズルじゃんって」

拗《す》ねたような声音。なんかそんな話、亜門からも聞いたな。ようするにこの二人は、似たような悩みと望みを持ちながらも、選んだスタンスが違ったってことなのか。

綾香は、周囲の空気に無理矢理《むりやり》波長を合わせてでも、自分の居場所を作ろうとし、一方で亜門は、周囲のレベルの低さに早々に見切りを付け、孤独でいることを選んだ。

が、どちらの進んだ道にも、結局のところ、自分達の満足する結果は得られなかった。

けど――二人の視点からは、自分が持ってないものを手に入れているように映って、だからこそ、互いについ意識し、敵視してしまう存在になったのだろう。

そんな二人が今、初めて本心をぶつけ合っている。

「私だって。貴女《あなた》が気にくわなくてしょうがなかった。私と違って、コミュ力が高く、いつも自分を中心にやりたいことを押し通してて――きっとなにも持たない私の気持ちなんて、絶対に理解できないって妬んで羨んだ」

弾丸のように続く亜門の言葉を、綾香は悲しむでも怒るのでもなく、ただ真《ま》っ直《す》ぐと向き合い静かに受け止めていて、

「……ねぇ亜門。あたしとあんたってさ、きっと似たもの同士だと思うんだよね」

「私と篠原さんが似たもの同士……？」

「そ。あんたもあたしと一緒で、根は寂しがりでずっと独りでいることが無理なタイプ。ただ、建前や妥協を受け入れ、たとえ歪《いびつ》であってでも寂しさを紛《まぎ》らわそうとしたあたしと

違って、あんたは本物以外欲しがろうとしなかった。だからあんたは、本心の飛び交う、あの夜の世界に魅力を感じたんでしょ。どう、違う？」

「……それがいけないとでも？　だいたい、その妥協で手に入れたものが、友達として振る舞っている裏で、内心では篠原《しのはら》さんをどう思っているのか知っているの？」

「知ってる」

「えっ？」

「昨日は急に振られたのもあって、なに言われてんのかいまいちピンと来なかったけどさ。それってたぶん、姫南乃《ひなの》ことでしょ？」

「お前、あいつの裏の顔に気付いてたのかよ？」

「んーまぁ、発端はたまたまなんだけどね。あんたと亜門《あもん》が教室から仲良く出て行くのが気になってこっそり後つけてたら、その流れで偶然見ちゃった感じ」

あん時、尾行されていたのかよ⁉

「いい子ぶってるきらいはあったけど、本性があそこまでとはビックリしたわ。けど、不思議と、そんなにショック受けなかったんだよねー。ま、あたし自身、姫南乃含めてあのグループを、その程度にしか思ってなかったってことなんだろうけど」

それでも悲しいと告げるように、綾香《あやか》は哀愁の滲《にじ》む冷めた笑いを浮かべていた。

「南樹《みなき》さ、ありがとね。あそこであたしのために怒ってくれて。……めちゃ嬉《うれ》しかった」

頬《ほお》を赤く、気恥ずかしそうに視線を逸《そ》らした綾香が、ぼそりと呟《つぶや》く。

「ん？　そんなの当然だろ」

「当然、か。――ほんと、あんたってばどこまで凄《すご》い男なのか」

呆《あき》れ半分といった感じに笑うと、綾香は再び亜門に目を向けた。

「亜門のその考え方、正直、以前のあたしなら鼻で笑って吐き捨てたと思う。あたし自身、そんな本心を晒《さら》して語り合える存在なんてのは、漫画やドラマだけのフィクションで絵空事だって、そう決めつけて諦めてたとこあったからさ。……こいつと、ひょんなことで仲良くなるまではさ」

ちょっと照れくさそうに、ちょんと俺の服の袖を綾香が摘《つ》まんだ。

「……私にも、できるかしら、そんな特別な相手」

悲哀に満ちた顔で、亜門が尋ねる。

「は？　なに言ってんの？」

「そうよね。貴女《あなた》と違い、現実と向き合うことからすっかり逃げていた、私じゃ今更……」

「できるもなにも、ここにいるじゃん。最適の相手」

自分の顔に「ん」と指を差して綾香は言った。

「えっ？」

「あたしが妥協で今のグループにいるのは、あんただってとっくに知ってるでしょ。つーか、ここまで腹の中ぶちまけといて、今まで通りだとか、んなのあたしが許さないから」

「篠原《しのはら》さん……」

「綾香《あやか》でいい。親しい人には下の名前で呼んで欲しいし。あたしも静代《しずよ》って呼ぶからさ。ってことでさ……その、これからよろしく」

素直になるのはキャラじゃないとばかりに、少し緊張した面持ちで綾香が手を挙げた。

「綾香………。ううっ、ありがとう……」

亜門《あもん》は嬉《うれ》しそうに綾香の名を呼ぶと、目を押さえ、ほろほろと涙を零《こぼ》したのだった。

○

「──改めて。私が、がーねっとこと亜門静代よ。よろしく」

思うがままに涙を流しきった後。姿勢を正した亜門がぺこりと会釈した。

「ほんとに、亜門があのがーねっとなのかよ……?」

未《いま》だ信じられないと、困惑した顔で尋ねる。すると亜門は、スイッチを切り替えるように息をつくと、おさげをしゅるりとほどき、眼鏡を外して、

「そうですぅ。わたしががーねっとですぅ」

かわいらしく、おねだりするように両手を頬《ほお》の横で合わせ、にっこりと笑ってみせた。

「どうでもいいけど、その一々鼻につくようなアホっぽい喋《しゃべ》りはなんなの？」

「これは〜キャバ嬢やるために参考にした漫画にぃ、頭弱そうでふわっふわな女の子の方がぁ、男ウケしやすいって書いてあったからかなぁ」

　間違ってるような、間違ってないような……。

「ほら私、普段はまるで会話してないわけでしょ。素のままだと緊張しちゃうから、振り切ってキャラ作っていた方が楽なの」

「いきなり戻られると、調子くるうんだが。というか、それが本当の亜門ってことでいいんだよな？」

「ええ。学校での私は、綾香に看破されちゃったように、真面目な地味っ子を演じていたに過ぎないわ。これが素の私よ。どう私の演技、結構なものだったでしょ？」

「お、おぅ……そうだな」

　眼鏡をきらんと輝かせ、得意げにニヤリと笑う亜門。前々から薄々感じてはいたが、亜門ってわりと馬鹿なんじゃないだろうか……。

「で、そんなあんたが、なんで学校ではそんな風に芋っぽい格好《かっこう》してたわけ？　それなりの理由があるんでしょ？」

「……綾香なら共感してくれると思うから話すけど、美少女というのはそれだけで人生生きやすそうに見えて、実はとても生きにくいの」

「自分のこと美少女って言い切っちゃうその面の厚さには共感できないけど——ま、言いたいことはなんとなくわかるかも。好きでもない男子から迫られるのは、ばちぼこ面倒《めんど》いし。全部断ってたら断ってたで、次は女子からお高くとまってるとか、陰で変なレッテル貼られるしさ。クラスのあんま仲良くない女子が、裏でどんな風にあたしのこと思ってんのか、本気であたしの耳に入ってこないとでも思ってんのって話」

やれやれとため息をついて、窓の外を見る綾香《あやか》。

「そう、それ。加えてなにをするにも噂《うわさ》になるし注目される。私、別に頭も運動神経もそんなよくないのに、何故《なぜ》か美人ってだけで、勉強や運動までも勝手に期待されては幻滅されるわで、もううんざりだったの。表では友達だといい顔してくる子も、裏では陰口ボロクソ叩《たた》いてることばっかり。あんなの人気者ではなく単なるピエロよ」

どんと目の前の机を叩いて荒ぶる口調。よっぽど鬱憤が溜《た》まっていたらしい。

残念なことに、人が羨むものを持っていると、尊敬よりも嫉《そね》まれることが多いのが世の常だ。特に女の世界だと、嫉妬やらなんやらで男の倍キツいって言うしな……。

「だから私は、高校入学を機にわざと垢抜《あかぬ》けない風にイメチェンしてみたの。言うなれば逆高校デビューかしら。——そしたらね、馬鹿馬鹿しいくらいに誰も私に興味を示さなくなったわ。もう笑えるでしょ」

そう促す彼女の顔は、ちっとも笑ってはいなかった。

「特別視される生活から解放されたのは嬉《うれ》しかった。——だけどね、同時に痛いほど思い知らされたの。私から容姿を除くと、なーんにも残らなくなるんだって。そう考えると急に自分が空っぽの存在に見えて、なんだか空《むな》しくなったわ」

「けど、戻ろうとは考えなかったんだな？」

「当然よ。そんな見た目だけで態度を変える人達と仲良くするなんて、吐き気がするもの」

自己肯定感によるジレンマってやつか。嫌いな状態に戻るくらいなら、いっそ虚無を受け入れた方がマシだったと。

「そんな虚無の日常に嫌気が差したのが、キャバ嬢を始めた理由だとこの前言ったけど、今ならわかる。きっと当初の私は、私を知る誰かに見つけてもらって、叱って連れ戻してほしかったんだと思うわ。こんな私でも見ている人がちゃんといるって、思いたくて」

亜門《あもん》が遠い目をして、自嘲の笑みを浮かべた。ま、結局そこに彼女が興味を引くような世界があったってんだから、やっぱ人生ってのは、ほんとわからねぇものだよな。

「だからその、綾香達が私を見つけてくれたこと、ジュエボに現れて、本気で私のために行動してくれたことは、本当に嬉しく思ってる。改めてありがとう」

「どういたしまして。もう軽々しく学校辞めてもいいとか言うのは、なしだかんね。あんたが辞めたら、少なくとも、あたしは寂しくなるし……」

照れくさそうに顔を俯《うつむ》かせた綾香が、ぼそりと吐き捨てる。

「……ええ。わかってるわ」

そんな綾香《あやか》に呆気《あっけ》に取られた亜門《あもん》だったが、すぐさま満面の笑みで頷《うなず》いた。

それはすれ違っていた二人の間に、確かな友情が芽生えた瞬間だった。

眩《まぶ》しさのあまり目を背けたい衝動に駆られるのは、やっぱり年のせいなんだろうか。

小、中、高と、何故《なぜ》か人は、年齢が増すと共に友達の作り方がわからなくなっていく。

思春期にさしかかったところで、世間体や釣り合うかどうかを異様に気にするようになり、それが大人になると、今度は利益不利益を最優先におくようになる。どちらも得てして建前の仮面を被《かぶ》って接することが多く、そっから本音や本心が飛び交う仲に発展することは殆《ほとん》どない。寧《むし》ろ、心を見せることが負け、熱くなるのはダサいって風潮すらある。

そうやって謎のイニシアチブを保つことが、賢く利口な大人になることだと、みんな信じてやまないから。

ま、そんなこと言ったら、俺が友達を作れないのを正当化しようとしているようで、なんか嫌になるけど。

○

その日の放課後。俺は綾香に連れられ、スーパーでお一人様一個のトイレットペーパーやらお米やらを買い込んでから、一緒に帰宅した。

買ってきた物をてきぱきと冷蔵庫や棚に収納する綾香を余所《よそ》に、俺はソファに座り、通販で買って届いていた秘蔵カードを開封しながら、一足先に息をつく。

なにはともあれ、これで、がーねっとの件は一段落つきそうだ。

亜門は数日の内に、須藤《すどう》にジュエボを辞めることを告げるとのこと。

ただ、あのがーねっとにお熱な須藤が、すんなり辞めることを受け入れるかは正直怪しいところだ。場合によっては、何かしらの対応策を立てる必要があるかもしれねぇ。

「ねぇ南樹《みなき》?」

やることを終えた綾香が、俺の肩に背中を預けて、体育座りにちょこんと座った。

「ん、なんだ?」

「静代《しずよ》のこと、ありがとうね」

「ははっ。なんでお前が、お礼を言うんだよ?」

「なんとなく、かな。あたしもそうなんだけど、静代もさ、あんたと出会わなければ、きっとその内、あのクラスからいなくなってた感じじゃん。そんなあたし達のことを、南樹は気にかけ、掬《すく》い上《あ》げてくれた。そう思うと、問題児代表でお礼、言っとこうかなー的な」

「それは……なんだ。たまたまが重なっただけだと思うがな」

気恥ずかしくなって、つい視線を逸《そ》らす。すると綾香は楽しそうに笑った。

「ふぅーん。あたしはそうじゃないと思うけどなー。それに、あいつと心からぶつかれたことで、実は似たような悩み持ってるってわかって、こうして気兼ねなく話せる仲になれたわけじゃん。それも含めて、南樹《みなき》には感謝してる。まーそれとは別に、あんたの時もそうだったけど、こんな身近にいて気付けなかったことにはちょっとショックってか、あーあ、これでも人を見る目には自信があると思ってたんだけどなー」

天を仰ぎ、自嘲気味に苦笑いする綾香《あやか》。

「静代《しずよ》と深く関わって、あたし思ったんだ。やっぱこの街には、自分の本心をひた隠しにしたまま、居場所や答えを求めて悩んでる子がいるんだなって。以前のあたしみたいに」

「ま、若い時ってのは、誰しも道を見失ったり、悩みに悩んだ結果、一番悪い方向に流れがちだからな。かくいう俺だって、昔はそうだったよ」

「ぷっ。なによ、同い年のくせに昔とか——大人ぶって。でさ、これからも、そういう人達を見かけたら、あたしらでなんとかしてあげたいって思ってるんだけど——これってさ、やっぱ傲慢、だったりするのかなぁ？」

「いいんじゃないか」

自嘲して遠くを見つめる綾香に、俺は優しく笑って頷《うなず》く。

「最初に人を突き動かすのは、あれがしたい、あの人と仲良くなりたいっていう、意欲や自我——言わばエゴってやつだ。それは趣味にしろ、恋愛にしろな。ま、なにが言いたいかってぇと、人生、何があるかわからない以上、自分に正直になったもん勝ちだろ」

「にひひっ。だよねだよね。うし、やるぞあたし」

　綾香が拳を握って気合いを入れる。

「ただなぁ……」

「ん、どうしたの？　浮かない顔して？」

「いやな、この一件を振り返ってなら、一つだけ解せんことがあってな。ほら、俺としてはがーねっと、亜門《あもん》と友達になれば、楽しい学校生活の一歩が踏み出せるって思ったわけだよ。なのに結果的に、綾香のが亜門と仲良くなってるのはおかしくねぇか？」

なんで最終的に、俺じゃなく綾香に親友ができてんだ？

「あ、あー。それはさー、やっぱ同性かどうかの違いでしょ。ってことで、今度は男子でトライするしかないっしょ。というか男子じゃないとダメだようんうん」

「トライってもなぁ……誰かさんのせいで現状、くっそ困難なんだが……」

　ジト目で抗議する。昼休みの騒動の後、俺達にはまた一つ、新たな問題が発生していた。

　あの後すぐ次の授業の予鈴がなって慌てて教室に戻った結果、亜門の頬《ほお》に泣き腫らした跡が残っていて、それがクラスメイト達にあらぬ憶測を呼んだのである。

　いわく、ぶちぎれた女帝が亜門に詰め寄って粛清したと。

　おかげで俺と亜門はそりゃもう腫れ物扱いだった。高槻《たかつき》は他人の不幸は蜜の味とばかりに楽しそうにしていて、桜宮《さくらみや》は、俺達を気遣うような雰囲気を出してはいたが、内心ではさぞやざまぁと大笑いしているに違いない。

「あ、あはは――ほらでも、南樹《みなき》なら、結局なんとかやってのけられるっしょ」

「ったく、調子のいいこと言いやがって。――ま、綾香《あやか》の言う通り、現状にウダウダ言ってる暇があったら挑戦するべきだよな。おし、今度こそ綾香達のような、気軽に殴り合える友達を作って見せるぞ！」

「うんうん、その意気その意気。応援してるし。あたしにできることなら、なんだって協力するからさ。気軽に言ってね」

「おう。そっちも含めて、これからも色々と頼りにさせてもらうからな、相棒」

「相、棒……」

「なんだその面食らった顔？　もしかして嫌だったか？」

「ううん。いい、それ。あたしは南樹の相棒！」

気に入ったとばかりに、綾香が無邪気に目を輝かせる。にしても、誰かをアテにするなんて、本条大和《ほんじようやまと》時代の俺が知ったら驚くだろうな。あの時の俺は、社会の腐った部分をすぎて、すっかり人を信用するってことに、拒絶反応を起こしていたから……。

それもあって、未《いま》だに対等な友人関係の構築というのに苦戦しているんだろうけど。

……こういうのも悪くないって思い出させてくれた綾香には素直に感謝しないとだな。

○空っぽだった少女が見出《みいだ》した光

生まれ付き他人より顔がいい。

私——亜門静代《あもんしずよ》にあった唯一の取り柄だった。

勉強もダメで運動もダメ。

かといって、歌や絵だとか芸術方面にセンスがあるわけでもなく、コミュ力もなければ面白いことができるわけでもなく。

生まれてこの方、なにか一つの物事に打ち込んだり夢中になったりした経験すらない。

なんにも備わってない、ただ見栄《みば》えだけは一丁前の空っぽの器。

それが私。

最初は見た目に釣られて寄ってくる人達も、やがて「イメージと違う」だの勝手に抱いた幻想とのギャップに幻滅して、距離を置くようになる。

それでも、顔のいい私といると周りのウケがよかったり、男が寄ってきたりするからと、自称友達だけは絶えなかった。彼・彼女等《ら》が仲良しこよしの裏で、どんな陰口を叩《たた》いていたか、私が知らないとでも思っていたのだろうか。

まるでイカを釣るための集魚灯かなにか。

そんな撒《ま》き餌《え》のような生活が嫌になった私は、高校進学を機に、眼鏡を掛けて、地味な格好《かっこう》へとイメチェンしてみたの。上辺だけの人付き合いなんてもうゴメンだったから。

すると、一変して、誰も私に興味を持たなくなった。

それは私が望んだ通りの展開だったはず——なのに、心は前にも増してしんどくなった。

独りぼっちで過ごす毎日。

おまけに高校になっても、相変わらず勉強や授業にはなに一つ興味が持てない。

それどころか、勉強はますますわからなくなっていって——自分が世界から取り残されているような気がしてならなかった。

目標もなく。

夢もなく。

好きな人だって、熱中できるものだってない。

なんのために生きているのだろう。

そもそも私のこれは、生きていると呼べるのだろうか?

日に日になにもかもが嫌いになり、全ての物事にフィルターをかけて閉じていく。

そんな私が夜の街に興味を持ったのは、ちょっとした好奇心とある種の自暴自棄。

ビジュアルのよさは唯一の自分の取り柄だもの。どうやったらより綺麗《きれい》を演出できるか、人並み以上には熟知しているつもりだった。

大学生と偽って受けた面接は、内心ドキドキでとても緊張したけど、オーナーと名乗った少し強面《こわもて》な人相の男性は、その見た目に反して面倒見がよく優しい人で、苦学生という私の考えたストーリーを一つも怪しむことなく真に受け、採用してくれた。

逆に給料の前借りとか相談に乗るから遠慮するなとまで言われて、ちょっと心配になったくらい。将来、悪い人に騙《だま》されて、ころっと借金とか背負わされたりしないかって。

そんなあの人が、実は反社会的勢力・狂武会《きょうぶかい》の若頭で、ジュエボがヤクザの経営するキャバクラだと知ったのは、働き始めてからしばらくしてからのこと。もちろん驚いたけど、辞めるという選択肢は浮かんではこなかった。

その頃にはもう、あの世界へのやりがいと目標を見出《みいだ》していたから。

お酒の力で建前をとっぱらい、本音ばかりが飛び交うあの場所に惹《ひ》かれた。

私と同じような、自分を受け止めてくれる居場所を求めている人達の宿り木になることが、空っぽな自分でも存在していい理由になると思った。

せめて他人の心の悲鳴を和らげることで、私の心も半分くらいは満たされたいなって。

――そう、思っていたのに。

そんな私にも、まさか自分の居場所と呼べるものができるとは思ってもみなかった。

綾香《あやか》と風間《かざま》君。ありのままの亜門静代《あもんしずよ》と仲良くなりたいと言ってくれた、初めての存在。

綾香は正直、同じクラスにいても絶対に関わることのない人だと思っていた。

けど実際は違って、私と似たような悩みを持って孤独に悩む、一番共感できる相手だった。地味女子に扮《ふん》した私の素顔を暴いてくれる人が、自分本位で、クラスの女ボスとして恐れられている彼女だったとは、夢にも思ってみなかったわ。

風間《かざま》君は——なにかしら。少し変わってる——じゃ済ませてはいけない気がする。こう、上手《うま》く言葉にできないけれど、ヤクザである須藤《すどう》さんを前に、怖《お》じ気付《けづ》くことなくヘラヘラしているところ一つとっても、絶対にただものじゃないわよね。

あの教室で、綾香《あやか》があんな年相応の執着を見せる男子なんて、彼くらいしかいないだろうし。本当に興味が尽きないわ。

初めてできた、心の底から心を通わせることができそうな、仲間と呼べる人達。

独りでいなくていいことで、こんなにも心が軽く、世界が明るく見えるなんて。

以前までの私は、ちっとも知らなかった。

——綾香達とジュエボを辞める約束をしてから、四日経《た》った月曜の放課後。

私はこれまでの思い出を振り返りながら、ジュエボの裏口に立っていた。

これから辞めることを告げるつもり。

もっともシフトの兼ね合いもあるから、正確には今月末でさよならの予定。そこは風間君も、理解してくれていて——綾香はあまりいい顔してなかったけど。

あの子、見た目は人一倍遊んでいそうなギャルの癖して、その実、風紀委員長並に潔癖なのはかなり面白い。ちょっと下ネタを口にするだけで顔を真っ赤にするし。うふふっ、これからも、からかいがいがありそう。

「おう、早いじゃねぇか。がーねっと」

裏口から中に入ると、バックルームでなにやら事務仕事の最中だった須藤さんが、よっと手を挙げて出迎えてくれた。

「それで、話ってのはなんだ？」

「あの、突然の話で申し訳ないのですが、今月限りでジュエボを辞めることにしました」

それはいつものきゃるーんとしたがーねっとではなく、努めて真面目な態度で、頭を下げた。

須藤さんが私――がーねっとに気があるのは重々わかってる。

「……そうか」

彼の性格からして、きっと多少強引な手を使ってでも引き止めてくることだろう。相手はヤクザ、それでもこれは自分でまいた種なのだから、けじめは自分でつけなければならない。ビビったら負け、頑張るのよ静代《しずよ》。

「わかった。いままでご苦労だったな」

須藤さんは、満面の笑みで労《ねぎら》うようにぱんぱんと手を叩《たた》いた。

「えっ？」

「ん、どうした？　なんか気に障るようなことでも言ったか？」

「い、いえ。あの……ありがとうございます」

想像とかけ離れたあっさりとした展開に、つい目が点になる。

それとも私が知らないだけで、仕事を辞める時というのは存外こういうものなの？

なんにせよ、無事辞めることができそうでほっとした。

そういえばここに来る前、綾香《あやか》に勇気の出るお守りだとか言われて、ストラップを強引に鞄《かばん》にくくりつけられたけど、この様子じゃ必要なかったわね。……まぁその、心配してくれる気持ちはとても嬉《うれ》しかったけど。

「で、いつ辞めるんだ？　まさかいきなり、今日限りってわけでもねぇんだろ？」

「は、はい。今、入ってるシフトには責任持って出る予定なので、今月末まででしょうか」

「そうか。わかった。だったら俺の方も、それまでに別荘の方、片付けておかねぇとな」

「えっ、別荘……ですか？」

なんでそんな私には関係ないことを？

「ああ、そうだ。お前と一緒に住もうと思って手に入れたんだが、まだしばらくは使う予定がないと思って、すっかり物置代わりにしか使ってなくてな。心配せずとも、お前が来る頃には、新築と見間違えるくらいピッカピカに仕上げといてやるよ。なんせ、二人の愛の巣だからな」

にちゃあと、張り付いた笑み。

「…………は？」

私の思考は、その言葉を飲み込むことができずに固まった。

……なに言ってるのこの人？

「あ、あのすみません。さっきから仰《おつしや》ってる言葉の意味が一つもわからないのですが」

「ん？　お前こそなに言ってるんだよ？」

まるで私がおかしいとばかりに眉を顰《ひそ》める須藤《すどう》さん。

「だってそうだろ。お前がジュエボを辞めるってことはみんなのが一ねっとではなくなるってことだろ。つまり俺の女になるってことだ。だったら一緒に住むくらい当然だよなぁ」

り、理解できない……。恐怖を覚えた私は思わず一歩後ずさる。

「なんだその顔？　まさか、嫌だなんて言わないよな？　あんなに目をかけてやってたんだからよぉ。俺の愛に気付いてないとは言わせねぇぜ」

まるで自分の欲求は通って当たり前と言わんばかりの、絶対的な自信。

私は今更ながら裏の世界に足を突っ込んでいたことに――関わってはいけないやばい人間と関わってしまっていたことに、気付かされる。

逃げないと。ここにいてはまずい。

生存本能に従うままに、私は出口へと駆けだした。

「おっと、誰が帰っていいなんて言った?」

追っかけてきた須藤《すどう》が、背後から私の身体《からだ》を羽交い締めにして自由を奪う。

「は、放して!」

「そんなつれないこと言うなよ。諦めて俺に従った方が楽だぜぇ。ま、これはこれで調教しがいがあって、退屈しなさそうだけどな。かかか」

抵抗する私を押さえつけながら、須藤が愉快だと笑って私の恐怖を煽《あお》るようにゆっくりと耳打ちする。最早《もはや》この男が、人間の皮を被《かぶ》った悪魔かなにかにしか見えなかった。

怯《おび》える私を目に一層のこと笑みを強くする須藤。血の気が引き、この世には根っからの悪人が存在することを、これでもかと気付かされる。

「おいおい暴れるなって——おっといいこと思いついたぜ。やっぱ人を従順にさせるのは、身体に直接覚えさせるのが一番だよなぁ」

須藤は私を放したかと思うと、即座に私の首に腕を回し、首を締め上げようと力を入れてきた。

「……っ!?」

抵抗できないまま、だんだんと意識が薄れていく。

こんなの今更身勝手すぎる話かもしれない。でも、許されるなら——

助けて、風間《かざま》君、綾香《あやか》!

○非常識男の救出劇

「――ねぇ見て南樹《みなき》、これ、おかしくない？」

自宅のリビングにて。

俺が通販サイトで遊神王《ゆうじんおう》カードの注文をしていると、険しい表情で自分の部屋から出てきた綾香が、タブレットを持って俺の傍《そば》へとやってきた。

急《せ》かされるままタブレットを覗《のぞ》く。すると、画面内のマップ上で、特定の位置情報を指し示す光源が、ぐんぐんとどこかに向けて移動していた。

この光は綾香が、ジュエボに行く前の亜門《あもん》に渡したお手製のGPSからの反応だ。須藤への懸念から俺が綾香に発注したそれは、一見キャラクターキーホルダーの形をしていて、亜門には勇気をくれるお守りだとしか、伝えてなかった。

「静代《しずよ》のことが心配でずっと見張ってたんだけど、店の外に出たと思ったらかなりの速度で移動し始めて……これ、絶対静代が自分の足で移動してるってわけじゃないよね？」

「あぁ。どこに向かってるかは今のところ謎だが、これは速度的に恐らく車だな」

「静代にはさ、念のために終わったら連絡してって言ってあるの。なのに全く連絡してこないどころか、こっちからかけても全然繋《つな》がんないし……」

スマホを片手に、綾香《あやか》がそわそわと落ち着きない様子で訴える。

「音信不通で、謎の移動か……。状況から推測するに、引き止めようとした須藤《すどう》が、なんらかの暴挙に出たって考えてもいいかもしれねぇな」

もしもを想定するなら早いにこしたことはないと、俺は立ち上がった。

「ったく。この暴力団に風当たりの強いご時世、すぐ足が付きやすい軽はずみな行動にはでないと思ってたんだが、どうやら須藤は俺が想像していた二百倍以上馬鹿なやつだったらしい。とりあえず追っかけてみるか」

マンションの駐車場には、念のためにとチャーターしておいたバイクが停《と》めてある。

最も俺が自動二輪の免許を取ったのは本条大和《ほんじょうやまと》時代のことで、今の戸籍とのステータス的には無免許運転になっちまうのだが——ここは非常事態ということで大目に見てほしい。ま、フルフェイスで普通に運転してたら、まず警察に止められることもないだろ。

「わかった。もちろんあたしも行くから。ちょっと準備してくる」

覚悟を決めたような真剣な顔で頷《うなず》くと、いそいそと部屋に向かおうとする綾香。

「待て」

しかしそんな彼女を、俺は剣呑《けんのん》な顔で引き止めた。

「相手はヤクザだぞ。常識が通じる相手じゃねぇ。一歩間違えば命がなくなるどころか、亜門《あもん》が逆らわないための見せしめとして、死んだ方がまだマシだって目に遭わされる可能性だってある。それでも本当についてくるつもりか？　万が一が起こった時、深入りするべきじゃなかったって、後悔しない覚悟がお前にはあるのかよ？」

説き伏せるように、俺は真剣な表情で綾香に尋ねた。須藤がすごむ度に、ビビられずにはいられなかった綾香だ。その隙が致命的な事態を招くことだってありえるからな。

「……正直さ、怖くない――って言ったら嘘《うそ》になると思う。ヤクザなんか死ねばいいってほど嫌いだけどさ。でも、どうしても、子供の頃、家にヤミ金共が取り立てに来た時の恐怖心が拭いきれないってか……」

自分自身が情けないとばかりに苦笑いして、綾香は思いを言葉にしていく。

「だけど、南樹《みなき》をこのまま一人で行かせて、もし二人とも戻ってこなかったら、あたしは絶対に死んでいいって思えるくらいに後悔する。これだけはさ、今確実に言えるから」

だから逃げたくないと、綾香は凜《りん》とした表情で言い放った。

「だからお願い。あたしも連れてって。足手まといには絶対ならないから」

胸に手を当てじっと俺を見つめる綾香。俺はややあって、折れるように肩をすくめた。

「わぁったよ。ただし、あっちでは全部俺の指示に従ってもらうからな。もし破って勝手な行動をしようものなら、悪いがこの家から出ていってもらう」

冷酷に徹しての発言に、一瞬面食らった綾香だったが、これは脅しではないと受け取ると、ゆっくりと頷いた。

「うん。わかった」

「よし。んじゃまぁ行こうぜ、亜門《あもん》を助けに。これで全部カタをつけるぞ！」

○

GPSを追って辿《たど》り着《つ》いたのは、街外れにある一軒家だった。

須藤《すどう》の別荘か何かだろうか。周りは森に囲まれていて、ここに用事がなければまず人なんて寄りつかないだろう。ま、悪いことするにはうってつけの場所ってことだな。

須藤に気付かれないように、目的地から少し離れた場所にバイクを止めて徒歩で向かう。

ほどなくして辿り着いた家の前には、以前、コンビニの監視カメラで見た覚えのある、須藤の車があった。

「――いいか、作戦はさっき伝えた通りだ。出たとこ一発勝負。綾香《あやか》には、もし何かあった時の後方支援を頼む」

用意してきた警察官風の服に着替えた俺は、手袋をはめ、警官帽を被《かぶ》りながら説明した。

「南樹《みなき》がさっき呼んだ本物の警察が到着するまで、警官に扮《ふん》した南樹が須藤を巧みな話術でその場に留《とど》まらせる――だったよね。ねぇ、本当にうまくいくのかな？」

「心配すんな。今まで俺がこの手のハッタリで失敗したことあったかよ」

「それはそうだけどさぁ……でも、あたしらもう、須藤に顔バレしてんだよ。それ考えるとだいぶリスキーでしょ……」

「面が割れてても、別に高校生って素性まで知られてるわけじゃねぇんだ。ある時は夜遊びの若者。またある時はベンチャー企業の若社長。その実態はがーねっとをヤクザの手から保護しようとしていた、ちょっと童顔の警察官。このシナリオでやつを怯《ひる》ませて、その隙に亜門のやつを救出してみせるさ」

「……わかった。信じて待ってるから、必ず静代《しずよ》を連れて戻ってきてよね」

「ああ、任された！」

さぁて、こっからがまたハッタリ勝負。嘘《うそ》を押し通して現実だと見せかける俺の戦術ってやつを見せてやろうじゃないか。

未《いま》だ心配そうに俺を見る綾香を背に、俺は家の前に近づくとインターホンを鳴らした。

ほどなくして須藤が応答する。と、微《かす》かに息を呑《の》んだような音が伝わってきた。

ま、疚《やま》しいことしている最中に警察官が現れたんだ。そりゃ平然としていられるやつなんて、そうそういねぇだろう。

警官帽を目深に被り、目の前のカメラに極力顔が映らないように注意しながら口を開く。

「すみません。この辺に凶悪強盗犯が逃亡してましして、申し訳ないですが、捜査にご協力していただけないでしょうか？」

「……わかった」

ややあって、ロックの外れる音がしてドアが開き、須藤《すどう》が苛立《いらだ》った様子で顔を出す。

「な、なんだお前は？」

と、相対した須藤が、怪訝《けげん》そうに眉を顰《ひそ》めた。

ま、そんな反応になるよなぁ。だって今の俺は、以前綾香《あやか》が作った、正義の味方のためのお面を、ファントムマスク状に改良してもらった——通称仮面チェンジャーⅠ改を装着しているのだから。

「黄昏時《たそがれどき》に祝杯を」

唖然《あぜん》とする須藤に、俺はゆっくりとそう告げた。

「は？」

「は？　じゃないだろ。これは狂武会《きょうぶかい》の幹部にだけ知らされる、組織内の共有データを閲覧するための秘密のパスコード。当然、若頭になったお前も知ってるよな？　この前の幹部会で知らされたばかりだろ」

「お、お前、サツじゃないのか？　いや、組の上層部しか知らない情報を知っているってことは、あんたは、ひょっとして狂武の人間なのか……？」

動転する須藤の言葉に、俺は、否定も肯定もせずふっと鼻で笑う。

「とりあえず立ち話もなんだ。中に入れてくれよ」

「……わかった」

ややあって須藤は観念したかのように俺を受け入れた。ま、幹部会の中では一番の新参者となる須藤が、あの会に出た人しか知らないはずの情報を知ってる存在を、おいそれと足蹴にできるわけねぇからな。出席者なら、確実に立場が自分より上になるのだから。

ちなみに何故《なぜ》、俺がそんな機密情報を知ってるのかというと——ま、これは後で話そう。

背後から綾香の、心配そうな気配をひしひしと感じながら、俺は覚悟を胸に家の中へと足を踏み入れる。悪いが綾香、こっからは俺一人の戦いだ。

このやり取りを綾香に聞かれるわけにはいかないんだよな。

なんせこっからは、単なるハッタリ勝負ではなくなるのだから。

○本条大和《ほんじようやまと》と風間南樹《かざまみなき》

「ここがお前の隠れ家ってわけか。へぇー、結構いい趣味してんじゃねぇか。やっぱ男なら秘密基地の一つや二つ、欲しくなるよなぁ。わかるわかる」

リビングに案内された俺は、ソファにぼんと腰を下ろして室内を見回した。

「なぁ、あんた一体何者なんだよ？」

テーブルを挟んで立ったまま相対する須藤《すどう》が、困惑と苛立《いらだ》ちの籠もった声で尋ねる。

「一体何者なんだよ？　――って、そんな悲しいこと言うなよ。俺のことがわからないのか？　長年一緒にやってきた仲だってのに」

「あ？　俺はお前みたいな不気味なコスプレ野郎なんて知らな――」

「本条大和の亡霊って言ったら、どうする？」

優しくそう問いかけると、苛立っていた須藤の顔が、途端に青ざめたものに変わった。

「ほ、本条大和だと。は？　なに馬鹿なこと言って――」

「はっ、馬鹿なことってなんだよ。組の幹部しか知らない共有データのパスコードを俺が知っている。これだけじゃあ証拠にならないってのか？　実はあれの管理を組長から任されていたのは、俺だったりするんだよな。あれのパスワードは三ヶ月毎《ごと》に変えることになってるんだが、念には念を入れて、新しいパスワードを決めた時点で、次のパスワードも予《あらかじ》め決めて組長にだけ告げるようにしてたんだよ。——もし急に俺がいなくなった時のことを考えてな。ははっ、もしもってのは本当に大切だって、ほんと実感したぜ」

俺が自嘲の笑みを浮かべると、須藤は信じられないとばかりに唖然《あぜん》としていた。

「だ、だとしても、あの男、本条大和は確かにあの時……」

「確かにあの時……。あの時なんだってんだ。お前が殺したってか？　なぁどうなんだ須藤。——さっさと説明しろよぉ!!」

ドンとテーブルの上に足を上げ、怒声と共に烈火の如《ごと》く凄《すご》んだ。

「ひ、ひぃ……。その圧、本当に、本条兄貴なんですか……？」

間抜け面を晒《さら》した須藤が、その場ですとんと腰を落とした。どうやら年季ってのは、肉体よりも精神に宿るらしい。おかげで話がスムーズに進みそうで助かったぜ。

にしてもあれだけ反社だと悪ぶってイキリ散らしていた大人が、こんなお面被《かぶ》ったガキにビビって尻餅をつくなんてほんと滑稽だ。気を抜けば涙が出るほどに馬鹿笑いしそう。

「だからそう言っただろ。狂武会若頭・本条大和。裏切られた恨み晴らすために墓から舞い戻ってきてやったぞ。感謝しろってな」

ま、反社にこの言葉を用いるのは正しいのかわかんねぇが。

これが、俺が風間南樹《かざまみなき》となる以前の社会的地位。

狂武会《きょうぶかい》若頭・本条大和《ほんじょうやまと》。


「まさか、本当に生きてるだなんて……」

「おかげさまで、この通りピンピンしてるよ。ま、顔だけはあの時受けた傷のせいで、あまり人様には見せられない姿に、なっちまったがな」

恨みがましくそう言って睨《にら》むと、須藤《すどう》は「ひぃ」と恐怖で顔を青くした。もちろん、これは仮面を着けてることに違和感を覚えさせないためのハッタリだ。須藤に今の本条大和が若返っていることを知られるのは、リスキーな気がしてならねぇからな。

「言っとくが須藤、お前が今、この家にがーねっとのことを監禁中なのは、全部把握済だからな。そのおかげでおいそれと、ここに助けを呼べねぇってこともな」

「ど、どどどうしてそれを!?　──まさかあの店に、盗聴器でもしかけてあるんですか?」

揚々とした俺の言葉に、慌てふためいた須藤が、目を丸くして息を呑《の》む。

「さぁてどうだろうな?　それよりもどうだ、俺を殺して手に入れたオーナーの座は、心地よかったか?　聞いたぞお前、オーナーの権威を笠《かさ》に着て、がーねっとにちょっかいか

けようとしてたってな？　ったく、うちの店は社内恋愛禁止って言ったよな？　勝手にルール変えてんじゃねぇよ」

そう俺は昔、何も客としてあの店に足を運んでいたのではなかったのだ。

通っていた理由はお仕事のため。

前のオーナーこそが俺、本条大和《ほんじようやまと》なのである。

実際に経営していたのだから、俺が人一倍キャバクラに精通してるのは当然のこと。風間南樹《かざまみなき》として、初めてがーねっとと会ったあの日、綾香《あやか》ではなく、がーねっとの側を擁護したのも、同じ業界人として、もの申さずにはいられなかったからに他ならない。

例の黒ＶＩＰのカードだって、そもそも俺が、趣味と実益を兼ねて配っていたものだ。配布主である以上、所持していて当然だろ。

——若返りのきっかけとなった事件が起きたあの日。

俺は、シノギの一つとして受け持っていた消費者金融業の債務回収のため、とある債務者と会うことになっていた。

——が、待ち合わせの場所に現れたのは、その債務者ではなく、小面の面を被《かぶ》った謎の覆面男だった。

不気味な男の登場に困惑の真《ま》っ只中《ただなか》、俺はそいつから出会い頭に銃撃を受け、倒れてしまう。

最初に人気のない路地裏を指定された時点で怪しめという話ではあったが、まぁこの世界、多重債務をしているやつらが、他の金貸しにバレるのが怖くて返済に人目のない場所を指定してくるってのは、少なくないことだからな。その業界的常識を、まんまと利用されちまったらしい。

そうして思うように動けず瀕死《ひんし》の重体で死を覚悟した中、偶然、電話をかけてきた月影《つきかげ》のマスターが助けに駆けつけて来てくれたことで、俺は霧子《きりこ》の病院へとかつぎ込まれ、現在に至ったりする。

理由は不明だが、このまま本条大和が生きているとわかれば、また命を狙われかねない。

そう考えた俺は、この若返った状況を逆手に取って霧子の協力の下、偽の死体を用意して本条大和を死亡したことにし、自分を撃った覆面男の実態を突き止めるまでは高校生・風間南樹として別人の人生を送ることにしたのである。

ついでに言うと、そのとある債務者というのは綾香の母親であり、それが原因で俺は綾香と深く関わっていくことになるのだが――この話は長くなるのでまたの機会にでも。

ま、そんなこんなで高校生として過ごしていた俺が、偶然にもあのがーねっとが、実は高校生だと知った時は、そりゃもう鳥肌ものだった。

なんせがーねっとは、他ならないオーナーである俺が、面接して雇ったんだからな。

これは、本条大和《ほんじようやまと》時代の俺が招いた完全な過失だ。いくら向こうが大学生と偽っていたとはいえ、俺のせいで未成年の彼女が危ない目に遭ったらと想像すると、俺は一生後悔する。だから俺は、身バレの危険性を孕《はら》んだ上でも、がーねっとに足を洗わせると決意した。

そうして、綾香《あやか》と一緒に古巣へ顔を出すことになった俺は、再度、驚愕《きようがく》することになる。

「こないだ久々に店の様子を覗《のぞ》いたら、驚いたのなんの。まさかお前が、何食わぬ顔で俺に代わってオーナーになってるんだもんな。なにが俺の店だよ。ったく」

俺はその時に見た、須藤《すどう》の我が物顔な振る舞いで確信した。

身内中の身内である直属の部下に、裏切られていたことを。

だから俺は、綾香と一緒にがーねっとを辞めさせる裏で、密《ひそ》かに須藤と二人きりになるチャンスを狙っていたのだ。

あの日の真相を知るために。

そういう意味では、須藤が暴挙に出てくれたことには正直助かった。

こうやって、真の目的を果たすチャンスが訪れたんだからな！

「あの日、俺が債務回収に行くことになったのは、お前の話が発端だ。なのにお前ってやつは、直属の上司が仕事中に行方をくらましたってのに、探すどころか、もう俺が帰ってはこない体で店を回してるんだもんな。いやあっぱれあっぱれ」

俺を出し抜いた部下の手腕に、拍手で賞賛してやってるってのに、須藤といえばまるでこの世の終わりとばかりに顔を引きつらせ、ちっとも喜んではくれなかった。

「さぁて。与太《よた》話はこれくらいにしといて、そろそろ本題といこうじゃねぇか」

「ほ、本題？」

困惑する須藤を目にカラカラ笑うと、俺は警官を装う一環として身につけていたホルスターから拳銃を取り出し、未《いま》だ尻餅をついたままの須藤の額にそっと銃口を突きつける。

「んなの、落とし前に決まってるだろ。この本条大和様のタマ取ろうと喧嘩《けんか》ふっかけてきたんだ。そのケジメは、ちゃんとつけてもらわねぇとな」

「そ、そんなぁ……。後生ですから、一度だけチャンスをくだせぇ。あの時の俺は、どうにかしてたんです！　もう二度と兄貴を裏切ったりはしません。死ぬまでついていくと誓いますからぁ！」

「んーどうすっかな。ま、お前の誠意次第では、気を変えないこともねぇが。言ってる意味、わかるよな？　知ってること、洗いざらい喋《しゃべ》ってもらうぞ」

銃をぐりぐりと眉間に押しつけて声音を強くする。すると須藤は生きた心地がしないとばかりに焦燥した顔で、二、三度こくりと頷《うなず》いた。

「じゃあ手始めに、あの日、俺を撃ったのは、やっぱりお前なのか須藤？」

「お、俺は兄貴を撃ってません。俺はただ、兄貴をおびき出せば昇進できるって話を持ちかけられて乗っただけで——確かにあの日、本条《ほんじょう》兄貴をあの場所に行くように仕向けたのは俺です。けどそれは、全部指示に従っただけで」

「なるほどな。実行犯は別にいたってわけか」

いくら惚《ほ》れた女のためとはいえ、このチンピラくずれに、俺を闇討ちする度胸なんて元からねぇとは思っていたが、やっぱり協力者がいたか。

「で、そのお仲間ってのは、いったい何もんだ？　狂武《きょうぶ》に因縁のある同業者、それとも俺をよく思ってない他の幹部連中か？」

「………………アヴェイラブル」

「ん？」

「アヴェイラブルって名乗る連中がある日、俺に連絡してきたんです。若頭の座が欲しくないかって」

「アヴェイラブル……そんな組織や犯罪グループの名は、聞いたことねぇな。横文字ってことは、同業者とはちょっと違うよな。どっかの新興マフィアか何かの類いか？」

「詳しくは俺も知りやせん。ただ連中の目的は、狂武会に代わってこの街の裏社会を支配することらしく、既に組の幹部連中にはアヴェイラブルに鞍替《くらが》えしたものも多いと聞いて」

「なんだと？　そんなデタラメを、お前は信じたっていうのか!?」

「も、もちろん最初は突っぱねやした。ですが連中ってば、内通者がいるとしか考えられないような、組の内部情報をどんどん出してきて――」

　それで世話になった古巣を裏切り、より強そうな方に鞍替えしたってわけか。ゴミが。

「で、そのアヴェイラブルってのは、狂武会を出し抜くために、今後どういった行動に出る予定なんだ？　そっちに付いたってことは、何かしらは聞いてんだろ？」

「今後の予定ですか？　……確か、狂武会の威光や権力をそぐために、街の若者を中心とした半グレをぶつける計画があるとか話していたような……」

「ほう。そりゃまた、物騒な話だな」

「そ、そうだもう一つ。やつらに指定された喫茶店でその話を聞いた時、後から合流してきた幹部格の男が、なんと制服姿だったんです。あの制服は間違いなく睡蓮《すいれん》学園でした。なんでわかるかって言うと実は俺、あの学校のＯＢで――」

「は？　睡蓮だぁ!?」

　今日一の驚きに思わず絶句する。幹部格が現役高校生ってだけでも仰天だってのに、こともあろうに、同じ高校に通っているだとぉ!?　あぁ、驚きを通り越して目眩《めまい》がする。アヴェイラブルってのは、どこまで非常識な集団なんだ。

「礼を言うぞ須藤《すどう》。おかげで色々と知りたかった情報を得ることができた」

「ってことは兄貴――」

「あぁ。お前の誠意ある対応に免じて、今回だけは不問にしてやるよ。俺だって、長年苦楽を共にしてきた部下を手に掛けるのは、あんまいい気分じゃねぇからな。もう一度だけチャンスをやるから、馬鹿な真似《まね》は二度と考えんじゃねぇぞ」

語気を強めに念を押すと、俺はそっと銃の構えを解いた。

「ありがとうございやす兄貴！　ありがとうございやす！」

平伏した須藤《すどう》が、何度も「ありがとうございやす」と口にして頭を下げる。それを余所《よそ》に、俺はやれやれと元々座っていた場所に腰を下ろすと、ぽんとテーブルの上に銃を置いた。野郎の土下座を見続ける趣味は、俺にはねぇからな。目障りだし、これ以上、手を加える気はねぇって姿勢を見せといてやるよ。

と、その直後のことだった。深謝する須藤の表情が、一変して野獣のような鋭い眼光になったかと思いきや、すっと立ち上がり、テーブルの上の銃を素早く手にとった。

「へへっ。あんたって人は、昔からヤクザにしちゃ、つくづくお人がよすぎるよな。一度裏切った相手の言葉を、すんなり信じるなんてよぉ」

俺の顔に銃口を突きつけ、形勢逆転とばかりに、勝ち誇った笑みで見下ろす須藤。

「……馬鹿な真似はよせ。今すぐ銃を机に置くなら、しゃあなしで、目を瞑《つぶ》ってやる」

「へへっ、無駄な強がりはよしましょうや。ま、兄貴が泣きながら土下座して俺の靴を舐《な》めるってなら、命だけは考えてあげなくもないですぜ。元部下のよしみで」

「お断りだな。俺はお前と違って、不様に醜態をさらしてまで助かろうとするほど、やっすいプライドを持ち合わせてはねぇんでな。お前に媚《こ》びるなら、死んだ方がマシだ」

「っ！　――なら本条大和《ほんじょうやまと》、望み通りもう一遍死にさらせぇやぁ！」

俺の平然とした様子に腹を立てた須藤が、勇み声と共に引き金を引いた。

「――!?!?!?」

途端、声なき声を上げた須藤が、驚きで顔を歪《ゆが》めたまま地べたに転げ落ちた。

「あーあ、お前ってやつは。散々、忠告してやったのにな。馬鹿な真似はよせって」

白目を剥《む》いて倒れ込む須藤を横目に、俺はお面を外して肩をすくめる。

「この俺が、本気で一度裏切った人間のことを簡単に許すとでも思ったか？　油断した振りをすれば、プライドの無駄に高いお前のことだ、確実に暴挙に出ると思ったよ」

こいつにはめられた自分が情けないとため息をつきながら、須藤の手から銃を回収する。

俺が手にしているこれは本物の拳銃――ではなく、薬莢《やっきょう》の装填《そうてん》動作まで実銃と大差なく可能に作られたレプリカを基盤に、綾香《あやか》の手により大幅な魔改造がなされた代物だった。

発砲自体は不可能なものの、火薬の代わりに電池が内蔵された特製弾が装填されていて、この状態で引き金を引くと、通電して銃全体に、猛獣が撃退できる程の高圧電流が発生する仕組みになっている。ようするに諸刃《もろは》の剣の、欠陥品スタンガンってわけだ。

ちなみに須藤が最初から抗戦の姿勢を見せた場合は、直ちにこれでおねんねさせるつもりだった。その場合、当然だが、使用者の俺に電流が流れる恐れはない。

この、絶縁性を高めた特注の手袋を身につけているおかげでな。

そう今の俺は、逃亡中の凶悪犯を追跡中という体で、警察官の格好《かっこう》をしている。だから銃を携帯していたり——こうして防塵《ぼうじん》用の手袋をしていても、違和感はないってわけだ。実はジュエボに突入したあの日、万が一に備えて綾香《あやか》に頼んであった物ってのがこれだ。

拳銃のように振る舞って相手を牽制《けんせい》しつつ、今みたいな不測の事態すらも起死回生の一手に変えかねない、構造を把握してなければ十中八九自滅する正に俺好みの武器としてな。

須藤《すどう》という男の性質を理解した上で、自分だけが使用可能な武器を手に、言葉巧みに須藤を自害へと誘導させる。これぞハッタリの真骨頂ってな！

「ったく、本気で心を入れ替えるんなら、そん時は二重スパイとして重宝してやろうとも考えていたってのに。……だからお前は、三流止まりなんだよ」

ま、おかげで俺は、こうして自分の手を汚すことなく、制裁を与えることができたわけだが。もうじき俺が呼んだ警察がやってくる。冷たい塀の下でたっぷり反省するんだな。

「にしてもアヴェイラブルねぇ……。なんだかいよいよきな臭くなってきたな」

記憶が正しければ、利用とか入手を意味する英単語がそれっぽい発音だったはずだ。もしそれが組織名の由来であるとするなら、とんだ悪趣味な連中達だ。

どうにも俺は、想像以上に大きな陰謀に巻き込まれていたらしい。

なんだかんだ言って、狂武会《きょうぶかい》、特に組長にはかなり世話になったからな。

任侠《にんきょう》ってのは本来義理と人情の世界。内部にどれだけ裏切り者がいるかも予測できない今、この野望を阻止できるのが、俺しかいないってなら、やるしかねぇだろ。おまけに、その幹部の一人が、よもや睡蓮《すいれん》学園に、何食わぬ顔で通っているのだとしたら尚更《なおさら》だ。

っても、学生の本分は学業に青春だ。悪いが俺には俺で、気の置けない友人と理想の学校生活を作るって戦いがある。基本はそっちを優先させてもらうけどな。

……問題は、これまで以上に綾香に正体のバレる危険性が上がるってこと、か。

綾香には、口が裂けても言えない俺の秘密。

もし俺の正体が実は大人で、よりによって大嫌いなヤクザの幹部だと発覚したら、その時は幻滅――で、済むならまだしも、信念の強いあいつのことだ。「ヤクザの世話になりたくなんかない！」とか言いだして、家を出て行くかもしれない。が、そうなった綾香が一人でちゃんとやっていけるほど、社会ってのは甘くできてねぇ。未成年の弱味《よわみ》につけ込む、汚い大人達のやり口を、俺はこの腐った社会で虫唾《むしず》が走るほど見てきたのだから。

綾香が高校を卒業して、自立した大人になるまでは俺が守ると、彼女を救うと覚悟した時に決めたことだ。それだけは俺の命に代えても、やってのけてみせる。

だからそれまでは、綾香には悪いが、どうか正体は秘密のままで傍《そば》にいさせてほしい。

全てが終わったその時は、綾香《あやか》に正直に話すとしよう。それが筋ってもんだ。

彼女を騙《だま》していた報いは、綾香が望むままに、全て受け入れる。

たとえば、二度と顔をみたくないと言われたなら、俺はこの街から潔く出て行こう。

その後は——本条大和《ほんじょうやまと》ではなく、このまま風間南樹《かざまみなき》として、裏社会とは無縁な第二の人生を歩むのも悪くないかもしんねぇな。

そんなことを考えながら、俺は室内を散策し——やがて二階の寝室で気を失った亜門《あもん》を発見すると、俺は彼女の身体《からだ》を抱きかかえてこの家から脱出した。

「——南樹⁉」

俺達の無事な様子を確認した綾香が、ほっとした顔で駆け寄ってくる。

「よかった。無事に静代《しずよ》を救出できたんだね。——って須藤《すどう》は？」

「ああ。あいつなら、綾香お手製の電流銃でおねんねしてるぜ」

「そうなんだ。——にひひっ。さっすが南樹。まさに悪を砕く、正義のスーパーヒーローって感じじゃん。綾香ガジェットも役だったようだしさ！　んふふふぅん」

正義のヒーローか……。

目を輝かせる綾香の純粋な賞賛にチクッと鈍い痛みを覚えながら、俺は風間南樹を演じるため、「な、俺に任せろって言っただろ」と、得意げに笑って見せたのだった。

……ああ。今はこれで、いいんだよな？

○日常こそが一番の非日常

朝の教室。窓から聞こえる小鳥のさえずりに、仲良しグループで集まり、わいのわいのと、思うがままに談笑するクラスメイト達。

それはもう昨日のできごとが、全部夢だったかのような平和な世界。ま、今ではこの光景こそ、腐りきったヤクザ社会から解き放たれた俺の、愛すべき日常だ。

そんな中、俺は夜遅くまでこれからのことを考えていたせいで、超寝不足だった。

少し顔を伏せるか。ただ、このまま寝てしまって、朝礼で真央《まお》に起こされようものなら、同棲《どうせい》時代のことを思い出して、何やら熱い物がこみ上げてきそうなのが……。

「──おはよう、風間君」

目を閉じ、ウトウトとしていると、不意に聞き覚えのある声が到来した。

「んーおはよう、亜門」

顔を起こさず、そのまま挨拶を返す。

「改めて、昨日はありがとう。綾香から聞いたわ。私がこうしていられるのは、風間君が身体を張ってくれたからだと。本当に感謝してるわ」

「そんな大したことしたつもりはねぇよ。ま、貸し一つってことで、今度なんか美味《うま》いもんでもご馳走《ちそう》してくれ」

「うふふっ、喜んで。人よりお金を持っている自信はあるから、なんならフランス料理のフルコースでも構わないわよ」

弾んだ口調。監禁騒動の後、亜門《あもん》のケアは綾香《あやか》の方が適任だと、任せっきりにしていたわけだが——ま、この様子だと元気そうでよかったよ。

——ん？　何やら周囲が妙にざわざわと騒がしいな。それも、自意識過剰なければ、このざわつきは俺達を中心に巻き起こってそうな気がする。

あぁ、思い出した。この前のご機嫌斜めな綾香女王とのいざこざで、俺達って腫れ物扱いされていたんだったな。ったく、普段興味ないならとことん空気扱いしてくれよ。

そして、鬱陶しさを覚えながら、亜門と会話しようと顔を上げる。

と、開いた口がふさがらなくなった。

「あら、どうかした？　風間《かざま》君？」

「どうかした——ってお前、わかってて、わざと聞いてるだろ？」

「ああそういえば私、ちょっと眼鏡を変えてね。それに合うように髪型も工夫してみたの。どう、似合う？　少しは前より綺麗《きれい》になった？」

得意げに翻したその髪は、これまでとは違いロングに下ろしてあり、前髪の部分が少しオシャレに編み込んである。眼鏡もレンズの薄いインテリ系な感じになっていた。

「とりあえず、この異様な注目が亜門の唐突な高校デビューのせいだってのは理解した」

「残念、褒めてはくれないのね。ちなみに、注目の理由はそれだけではないわよ？　想像してみなさい。少し前に貴方《あなた》との仲を茶化《ちゃか》された女の子が、劇的に変身して貴方の下に現れた。さぁ、一部始終を見ているクラスのみんなは、一体どう受け取るでしょうか？」

「……まさか、俺にアプローチするため——とか言わないよな？」

「ご名答」

「ご名答——じゃねぇだろ。おい、これは一体なんの嫌がらせだ？」

「つれないわね。これは私なりの貴方達へのお礼だというのに」

「お、お礼？」

「貴方達、どういう理由か知らないけど、二人が実は深い仲なのをクラスのみんなに隠しているのでしょう？　貴方はともかく、綾香はそのことをあまり面白く思っていない」

「それは、まぁ……」

「そこで私の出番。綾香のプロデュースによって劇的な変身を遂げた私（という設定）が学校ではニセのカップルを演じることで、綾香は私の友達として、周囲に不信感を持たれることなく、風間君と会話できるようになるという寸法よ。これが私なりのお礼」

「な、なんじゃそりゃ……」

「あら、お好きだったんじゃないの？　こういうハッタリを絡めて自分の望む方向に物事を持っていこうとするのは」

くすりと微笑《ほほえ》む。否定はしないが、自分の十八番《おはこ》で意趣返しをくらうのは違うよな。

「ちなみにこのことは、綾香《あやか》にはもう、ラインで連絡してあるわ。……了承はまだだけど」

だろうな。目の玉が飛び出しそうなくらいに驚いて絶叫している姿が安易に浮かぶ。

「うふふっ、あの子の反応が見物だわ。ねぇ、綾香はいつ来るのかしら？」

こいつ俺達がどうこうってのは建前で、本心では綾香と学校でも気兼ねなく会話できる関係になりたいだけだろ。このとんだ捻《ひね》くれ者《もの》が。

ま、冷静に考えて一癖二癖もなけりゃ浮いたりしないか。

「ふぅーん。静代《しずよ》ってば、マジで実行したんだ」

眉を吊《つ》り上《あ》げ、綾香が呆《あき》れた様子で教室に入ってきた。

「ええ。綾香のプロデュースのおかげで自分の容姿に自信が持てたから。これからは恋に青春に、自分にもっと正直に生きようと思ったの」

「あっそ。それはよかったじゃん。けど、だったらさ、別に今更、風間《かざま》じゃなくてもいいんじゃない。今のあんたのルックスなら、もっと上のやつだって余裕で狙えるでしょ」

「風間君は、あの地味で芋っぽい私でも、分け隔てなく接してくれた人よ。少なくとも、目の色変えている、ここのクラスメイト誰よりも上だと思うわね」

亜門《あもん》が楽しげに笑って周囲を見回すと、クラスの連中が気まずそうに顔を背けた。

「ふぅーん。ちょっとはいいところあるんだ。それでも、あたしとしてはナシよりのナシだけどさ。うん、こいつを彼氏にするとか、マジでセンスない」

何故《なぜ》か綾香《あやか》は、亜門《あもん》ではなく、周囲に言い聞かせるように強めな口調で言い切った。

「けど静代《しずよ》の、友達の気持ちを完全に否定するのも違う気がするし。――だからしばらくの間、あんたのことを静代に相応《ふさわ》しいか観察させてもらうことにしたし。よろしく風間《かざま》」

綾香は俺の席にどんと腰を下ろすと、冷めた態度でじっと睨《にら》む。

「お、おう……その、お手柔らかに頼む」

「ん」

戸惑い気味に頷《うなず》くと、綾香はふいっと、興味なさげにスマホに目を向けて弄《いじ》り始めた。

それと同時に送信されてくる「ごめぇぇえん!!」とギャルが土下座するスタンプの嵐。

こりゃあ一、二波乱は待ち受けてそうだな。

俺達のことを、どこか面白くなさそうな顔で見ている、深見《ふかみ》や桜宮《さくらみや》達一軍連中の様子を一瞥《いちべつ》し、俺は腹を括《くく》る。

ま、綾香とはなるべく一緒にいるって約束したからな。なんとかなるだろ！

それにどうであれクラスに自分の居場所ができるってのは、やっぱり嬉《うれ》しいもんだ。

気の知れた仲間と過ごす学校生活。

ロールバック当初夢見ていたあの青春模様に、少しは近づけたんじゃないかってな。

あとがき

お久しぶりor初めまして、広ノ祥人《ひろのよしと》です。

令和六年の頭に能登《のと》半島地震が発生し、僕の地元である石川《いしかわ》県ではそれはもう多大なる被害を受けました。これにより僕の周りでは様々な出来事があったのですが、それらを通じて一番強く思ったのが主人公・南樹《みなき》の口癖でもある「人生何が起きるかわからねぇ」でした。だからこそ後悔のない選択をしよう。いつまでもそれができるなんて思わないで、多少無理してでもやりたいことには挑んでみよう。そう思い、行動した年だったと思います。現実は南樹のように二度目が存在しないからこそ、時には体裁を気にすることなく、自分の気持ちに素直に突き進むのもまた一興なのではと。

以下謝辞になります。

イラストレーターのさなだケイスイ様。素敵でかわいいイラストの数々、誠にありがとうございます。今後ともよろしくしていただけると幸いです。

担当編集者様。今回も稚拙な僕を叩《たた》き上《あ》げてくれて本当にありがとう&いつも迷惑かけてすみません。成長を褒められる男になれるように、邁進《まいしん》します！

そして何よりも読者の皆様、この本を手に取ってくださり心からの感謝を。この本が少しでも人生の息抜きになったなら本望です。それではまた、お会いできることを祈って。

MF文庫J

若返った俺が、二度目の高校生活でやりたいこと
何故か妹になったクラスの女ボス付き

2025年 1月25日　初版発行

著者　広ノ祥人

発行者　山下直久

発行　株式会社 KADOKAWA
〒102-8177 東京都千代田区富士見 2-13-3
0570-002-301（ナビダイヤル）

印刷　株式会社広済堂ネクスト

製本　株式会社広済堂ネクスト

Printed in Japan　ISBN 978-4-04-684444-6 C0193

【 ファンレター、作品のご感想をお待ちしています 】
〒102-0071 東京都千代田区富士見2-13-12
株式会社KADOKAWA　MF文庫J編集部気付「広ノ祥人先生」係　「さなだケイスイ先生」係